인생, 어떻게든 됩니다

인생, ——— 어떻게든 됩니다

박금선 지음

꼼지락

1장
삶은 그냥 날씨 같아요

2장
아무쪼록 이제는 좋을 대로

3장
남은 시간은 선물 상자 같은 것

50이라는 숫자에 대해 생각해본 적 있나요?
더구나 그것이 50세라는 나이라면?
아마도 전에는 생각해본 적이 없을 겁니다.
우리 모두는 50이 처음이니까.

미리 상상하기엔 낯설고
썩 기분 좋은 일만도 아니라
어쩌면 굳이 짐작할 기회를
마련하고 싶지 않았는지도 모릅니다.

그러나 오랜 시간을 지나 나를 찾아온 50에게
이렇게 말해주면 어떨까요?

"50은 100을 반으로 접은 처음이야."

한마디로 50세는 인생의 두번째 처음.
이제는 비로소 나를 새로 시작할 수 있는 나이.

반을 접었으니 접힌 뒷면은
당분간 생각하지 맙시다.
절반의 이쪽 면은
어쨌든 처음이라는 것에만 주목해봅시다.

자, 무엇부터 시작할까요?

1장

—— 삶은 그냥 날씨 같아요

아프고 외로운 날은
한의원으로

나에게도 직업병이 찾아왔다. 아니 엄밀하게 말하면 관리를
제대로 안 한 내 탓에 생긴 병이지, 꼭 직업만 나무라기도 미
안하다.

일단 목이 굽어서 아프고 좌우로 돌아가지 않았다. 컴퓨터
를 나쁜 자세로 오래 들여다보아서일 것이다. 어려서부터도
계속 구부정한 자세로 책을 보았고, 스트레칭도 제대로 하지
않았다.

오른쪽 고관절도 시원치 않다. 의자에 앉아 컴퓨터로 글을
쓸 때, 오른쪽 다리를 접어 올리는 버릇이 있는데 그게 문제였
을까. 다른 이들에게 들으니 책상에 앉아 작업을 할 때는 두

다리를 나란히 내려놓고 일하는 것이 좋다고 한다.

왼쪽 무릎도 문제다. 계단을 민첩하게 뛰어서 오르내리기가 내 특기라고 생각하던 시절도 있었는데, 이제는 두어 시간 걷고 나면 왼쪽 무릎에서 서걱거리는 잡음이 나면서 아프다.

누군가 뒤에서 불렀을 때 목을 돌리는 것조차 힘겨워진 어느 날, 한의원에 갔다. 의사는 주물러주고 주사를 놔주고 찜질을 하게 하고는 치료실을 나갔다. 침상에 엎드려 목에 짜르르 짜르르 전기 자극을 받고 있는데, 커튼으로 가려진 옆자리에 할머니 한 분이 오셨다. 한동안 그분의 음성이 들려왔다.

그분은 의사에게 이런저런 이야기를 했다. 할아버지가 돌아가신 후로는 이렇게 매일 선생님을 뵙고 있다, 며느리와 아들이 다녀갔다, 아파트가 재건축에 들어갈 텐데 죽기 전에는 하지 않았으면 좋겠다….

의사는 어제보다 다리가 좀 나아졌는지 묻고 할머니가 하는 이야기를 가만히 들어주었다. 이윽고 침을 놓고 치료기를 몸에 부착해주고 의사가 나가자, 할머니는 가끔 신음 같은 한숨을 토해내며 커튼 안에서 자신만의 시간을 보냈다.

그 후 한동안 한의원에 다녔는데, 시간이 나와 맞았는지 그

아무도 모르게 편히 쉴 수 있는
아지트 같다는 생각이 들어 기분이 좋아졌다

할머니 곁 침상에 눕는 일이 여러 번이었다. 그때마다 할머니는 소소한 일상을 이야기하며 의사에게 고마움을 표하고, 시원하다거나 아프다거나 하는 모든 말끝에 한숨 같은 신음을 토했다.

'아… 한의원이란 이렇게 좋은 곳이었던가.'

할머니와 '함께 우연히' 시간을 보내면서 줄곧 생각했다. 나도 나이가 들면 한의원에 열심히 다녀야겠다고.

아픈 곳을 치료해주고 몸을 뜨듯하게 해주고 말도 들어주는 곳이 어디 흔하겠는가. 경제적인 형편만 괜찮다면 미래의 나도 매일 한의원에 출근하리라. 찾아오는 이 없고, 눈 어두워 책 보는 것도 쉽지 않고, 음악이며 텔레비전도 시들해지는 나이가 오면 하루가 얼마나 길 것인가. 그런데 한의원에 천천히 걸어서 오고 가고, 침상에 누워 보내는 시간까지 치면, 오전은 후딱 보낼 수 있겠지.

의사나 간호사와 대화를 나누고 마사지 비슷한 것을 받을 수 있고 통증 완화까지 되니, 한의원이야말로 노년에게 퍽 다정한 장소가 아닐까.

그렇게 생각하고 나니 아파서 찾아온 한의원이, 아무도 모르게 편히 쉴 수 있는 아지트 같다는 생각이 들어 기분이 좋아졌다.

한의원, 참 좋다.

미래의 나는 분명
오늘을 그리워한다

여럿이 모여 옛날 이야기를 하다 보면 '그래도 그때가 좋았어'라는 말이 나오기 마련이다.

달동네에 살았지만 인정이 있었다는 둥, 도시락 반찬을 화려하게 싸지는 못했지만 이런 입시지옥은 아니었다는 둥, 옷을 물려 입는 게 그렇게 싫었지만 그래도 형제 사이가 좋았다는 둥, 한 방에 오글오글 여럿이 살아서 불편했지만 외롭지 않았다는 둥….

지금보다 부족하고 가난하고 어려웠지만, 마음만은 더 풍요롭고 행복했다는 뜻일 것이다.

그렇다면 지금의 어려움도 같은 선상에서 해석할 수 있지 않을까?

실제로 행복에 대해 연구하는 이들은 '시간'이라는 요소를 중요하게 본다. 행복이 나이에 따라 달라진다는 것이다.

예를 들면 어려서는 사탕 하나가 행복일 수 있지만, 30대의 행복은 사랑이나 친구와의 대화나 내 집 마련 같은 것들이 사탕을 대신한다.

'시간이 약'이라는 말처럼 시간은 어떤 사건에 달콤한 당을 입혀준다. 쓴 약을 먹기 좋게 당의정으로 만들 듯이 시간은 지난한 일에도 추억을 입혀 그리운 시절로 바꿔놓는 것이다. 그래서 시간이 많이 지나고 나서 돌아보면 가난이나 속상함조차 아련한 아름다움으로 다가오고 그리워진다. 돌아갈 수 없어서 더 그리워하는지도….

어쨌든 행복하기 위해서는 시간이 필요하다는 소리겠다.

이제 나는 행복하지 않은 일이 있거든 시간의 마법을 믿고 '장차 좋게 기억될 일'로 애써 분류해보려 한다. 미래의 어느 곳에 오늘을 그리워하는 내가 서 있을 게 분명하니까.

곰팡이가
꽃이 되는 날

아들이 연극영화학과에 영화 전공으로 입학했는데 1학년 때 15분짜리 영화를 찍는 숙제가 있었다. 친구들끼리 시나리오를 쓰고 연출과 프로듀서, 촬영감독, 소품, 조연출, 조명, 음향 분 야에 스텝을 구성하고, 배우를 섭외하고, 스텝이 조연을 맡는 등 난리를 치더니, 제작비를 줄이기 위해 상당 분량을 우리 집 에서 찍겠다고 했다.

"그날은 그럼 방해되지 않게 가족들은 나가 있으면 되는 거 지? 따로 도와줄 건 없니?"

아이는 곰팡이 핀 음식이 소품으로 필요하다며 만들어달라 고 했다.

제정신이 아닌 주인공이 곰팡이 핀 음식을 갓 만든 음식이라 여기고 마구 먹는 장면에 필요하다나?

이것 참, 맛있는 음식도 아니고 곰팡이 핀 음식이라니.

나는 음식을 만들어 곰팡이를 기르기 시작했다. 무심하고 게으른 내가 냉장고 구석에 음식을 깊이 모셔두었을 때는 곰팡이가 잘도 피더니, 막상 피우려고 하니 무슨 대단한 꽃이라도 되는 양 쉽지 않았다. 목이 빠지게 기다려서 결국 나물 무침에서 푸른곰팡이가 예쁘고 탐스럽게 피었다.

혹시 몰라 두부도 썩게 내버려두었는데, 붉은곰팡이가 조금 생길 뿐 탐스러운 곰팡이는 피어나지 않았다.

선배 언니들에게 조언을 구했더니 나물에 핀 곰팡이를 떼어다가 두부에 심으라는 둥, 따뜻한 곳으로 옮겨 번지게 하라는 둥, 밀가루에 붉거나 푸른 물감을 들여 뿌리는 게 낫다는 둥 다양한 의견이 나왔다.

초조해진 나는 두부를 데웠다가 말았다가 비닐봉지에 싸두었다가 벗겨두었다가 하면서 애를 태웠다. 결국 두부에서는 마지막까지 탐스러운 곰팡이를 얻지 못했고, 붉은 물감을 섞어 대충 소품을 만들어주었다.

평소라면 곰팡이를 미워하고 질색했을 텐데, 자식에게 필요하다고 하니 곰팡이가 꽃처럼 예쁘고 탐스러워 보이고 얼른 피어나라고 두 손을 모으게 되었다. 게다가 실제로 피어난 곰팡이는 솜털이 복슬복슬해 보이는 것이 여간 예쁘지 않았다. 색깔도 청회색으로 아주 세련된 느낌이었다.

세상에 귀하지 않은 것 없고 예쁘지 않은 것 없다더니…. 곰팡이도 때로는 받들어 모셔야 하는 꽃이었다.

지금으로부터 90년 전, 영국의 미생물학자 플레밍은 푸른곰팡이에서 항생 물질인 페니실린을 발견했다고 한다. 그것도 실험 도구의 뚜껑을 제대로 닫지 않아 우연히 생긴 푸른곰팡이 덕에.

이렇게 곰팡이는 인류를 구하는 항생 물질의 원료가 되고 꽃보다 귀한 영화 소품도 된다.

아들의 요청이 아니었으면 곰팡이를 꽃으로 여길 기회는 없었을 것이다.

주변을 둘러본다. 곰팡이처럼 이면의 가치를 발견하지 못한 것은 또 무엇이 있을까나.

세상에 귀하지 않은 것 없고
예쁘지 않은 것 없다더니…

마법의
단어

눈여겨보게 되는 후배가 있다.

업무 능력이 뛰어난 것도 아닌데 주변에서 늘 그이를 아껴준다. 실수를 해도 남들이 먼저 덮어주고 보듬어준다.

그런데 그 친구를 가만 보면 말을 참 예쁘게 순하게 한다. 애교를 부리는 게 아니라 간사를 떠는 게 아니라 헛말을 많이 하는 게 아니라, 말을 따뜻하게 하고 태도가 겸손하다. 다른 사람이 하는 말을 충분히 듣고 중간에 끊지 않는다.

그 친구는 자신을 보호하면서 동시에 주변을 따뜻하게 하는 어떤 마법 같은 기운을 가지고 있다고 생각했다.

그리고 그 마법이 무엇인지 감이 오는 일이 있었다.

〈여성시대〉 출연자 가운데 크리스 존슨이라는 미국인이 있다. 한국인 아내와 결혼해 딸 둘을 둔 분인데, 우리는 '크서방'이라고 부른다. 크서방은 간단한 생존 영어(생활 영어보다 다급한)를 프로그램 안에서 가르쳐준다.

"영어를 못한다고요? 괜찮아요. 마법의 말 두 가지만 기억하세요."

그가 가르쳐준 말은 바로 플리즈와 땡큐다. 어떤 단어에 붙여도 겸손하게 부드럽게 청하게 되는 플리즈. 매사에 감사하는 마음을 담은 땡큐.

상황을 유연하게 하고 상대를 내 편으로 기울게 만드는 말들이다.

맞는 말이다. 겸손하게 청하면 상대는 존중받는다고 느낄 것이고, 고마워하는 사람에게는 뭐라도 하나 더 챙겨주고 싶어진다. 게다가 말은 생각의 표현이니, 이런 마음으로 생활하는 사람은 얼굴 표정도 밝겠지. 대하는 사람에게도 그 밝음이 전해질 테니 인간관계 전체가 따스해질 것이다.

나는 고개를 끄덕였다.

'그랬구나. 그 후배의 말과 태도에는 플리즈와 땡큐가 들어 있었구나….'

그 친구는 자신을 보호하면서 동시에 주변을 따뜻하게 하는
어떤 마법 같은 기운을 가지고 있다고 생각했다

어릴 때 친구를 놀래는 재미에 뒤에서 갑자기 "꺅!" 하고 소리를 치곤 했다. 그러면 친구는 얼마나 놀라던지. 우리는 깔깔대고 웃었다.

그런데 나이가 든 다음에는 그렇게 놀라는 일이 줄어든다. 뒤에서 갑자기 큰 소리가 들려도 '뭔 소리래?' 하는 얼굴로 천천히 돌아본다.

간지럼도 어릴 때는 정말 많이 타서, 누군가 손가락을 오글오글 움직이며 간지럼 태우는 흉내만 내도 불에 굽는 오징어라도 된 듯 자지러지며 웃었다. 나이가 들고부터는 간지럼도 덜 탄다.

살면서 산전, 수전, 공중전 다 겪다 보니 웬만해서는 몸도 마음도 자극에 둔해진 것이다. 점점 작은 일에 감사하거나 흐뭇해하지 않게 되었다.

아주 자그만 일에도 기뻐하고 즐거웠던 옛 마음을 회복하는 차원에서, 나도 마법의 단어를 사용하기로 했다.

플리즈, 땡큐, '아!' 하는 감탄, '그렇구나' 하는 긍정.

그리고 또 뭐가 있을까?

어떤 할머니로
불리고 싶은가

나 어렸을 때만 해도 먼 친척과의 왕래가 잦았다. 서울에 있던 우리 집에 시골 친척들이 와서 종종 묵었고, 서울 다른 동네에 사는 촌수가 먼 친척 할머니 댁에 인사도 자주 다녔다.

우리 형제는 약수동에 사는 친척 할머니를 "사탕할머니"라고 부르며 특히 좋아했다. 그분은 주머니나 손가방에 늘 사탕을 지니고 있다가 우리에게 나눠주었는데, 인자한 미소와 머리를 쓰다듬는 부드러운 손길을 꼭 함께 주셨다.

사탕을 보면 여전히 사탕할머니가 떠오른다. 그리고 50대에 들어서면서부터는 '사탕할머니라니, 얼마나 좋은 이름인가' 감탄하게 된다.

나의 선배님 한 분은 "디즈니랜드 할머니"로 불린다. 이분은 미국 여행을 다녀오면서 디즈니랜드에서 작은 선물을 준비해 지인의 아이들에게 주었단다. 디즈니 캐릭터를 좋아하던 아이들은 당연히 기뻐했다. 그해 연말에 두 집이 다시 만나게 되었는데, 선배님은 그때도 디즈니 캐릭터가 그려진 스티커를 문구점에서 몇 천 원어치 사두었다가 주었다. 그 아이들이 초등학교에 들어가게 되었을 때는 디즈니 캐릭터가 그려진 티셔츠를 선물했다. 그런 일이 이어지면서 아이들은 선배님을 디즈니랜드 할머니로 부르게 된 것이다.

나이가 든다는 것은 어떻게 생각하면 모든 것과 멀어지는 일이다. 멀어지는 만큼 가까워지고자 하는 갈망은 커질 터.
손주뻘 되는 먼 친척 아이에게, 혹은 이웃에게 나는 어떤 할머니로 불리면 좋을까?
요즘은 사탕을 주면 이 썩는다고 젊은 엄마들이 싫어할 테니 사탕할머니는 곤란하겠지만, 좋은 접두사가 붙은 할머니이고 싶다.
그러려면 결국은 무언가를 주어야 한다는 뜻일 텐데… 그 점이 문제겠다.

한 후배가 말했다.

"저는요, 호호아줌마처럼 늙고 싶어요."

일본 만화영화에 나오는 호호아줌마는 얼굴은 조글조글 할머니인데, 백발은 아니다. 호호아줌마에게는 몸이 갑자기 작아지는 사건이 수시로 일어나는데 몸이 작아지면 평소에는 없던 초능력을 갖게 된다. 바로 동물과 대화할 수 있는 특별한 능력!

정말 그럴지도 모른다. 작아지고 낮아지면 대화가 통하지 않던 대상과도 말이 통하고 모르던 것을 훤히 알게 될지도.

후배가 호호아줌마처럼 나이 들고 싶다 함은, 동글동글 귀여운 겉모습만 뜻하는 것은 아니리라. 아이들과도 즐겁게 놀 수 있고 동물들과도 잘 지내는 사람, 즉 순수와 소통하는 사람이 되고 싶은 바람이리라.

어떤 할머니가 되고 싶은지 고민해볼 일이다.

작아지고 낮아지면 대화가 통하지 않던 대상과도
말이 통하고 모르던 것을 훤히 알게 될지도

내 아들은
이웃집 아들이다

아들이 축구에 너무 빠져 고민인 이가 있다.

그 집 아들은 유럽 프리미어리그를 밤새워 보고, 점심시간에도 밥은 순식간에 먹어치우고 친구들과 축구를 하고, 전자게임도 축구 게임만 한단다.

총을 쏘고 칼로 찌르는 게임을 하지 않아 다행이고, 한번 빠지면 시간이 허망하게 술술 간다는 온라인대전 게임을 하지 않아 다행이지만, 그래도 축구에만 열심인 점이 아쉽다고 했다.

유럽 축구 시즌이면 성적이 떨어지고 월드컵 기간이면 석차가 곤두박질치는 아들을 구슬리려고, 공부를 축구에 대입해서 조언도 많이 했단다.

"축구는 선제골이 중요하고 시험도 첫날 성적이 중요하다. 끝까지 파이팅 할 수 있도록 첫날 점수를 올려라!"

"종료 휘슬이 울리기 전에 골이 터지면 더 가치 있는 거다. 시험도 중간고사에서 못한 것 기말에서 한 번은 터뜨려줘라!"

"그날 컨디션이 경기를 좌우하듯 시험도 마찬가지다. 쾌적한 두뇌 상태로 시험을 볼 수 있게 규칙적으로 생활하면서 몸 관리를 해라!"

"아무리 볼을 많이 가지고 있으면 뭐 하나 골이 들어가야지. 수학도 마찬가지다. 아무리 풀 줄 알면 뭐 하나 답이 맞아야지. 침착하게 끝까지 잘 풀어라!"

그리 숱하게 타일렀음에도 불구하고 그 집 아들은 축구에 몰두한 결과를 늘 내신성적으로 증명했다. 그러다 부모의 마음에 차지 않는 대학에 들어갔는데, 입학하자마자 제일 먼저 축구 동아리에 가입하더란다. 그러더니 어느 날은 프로 축구단에 들어가겠다고 선포하더라나?

"아니, 네가 하는 건 동네 축구인데 무슨 수로 프로 축구선수가 되겠다는 말이냐?"

부모는 웃었는데 아들은 진지하게 프로 축구단에는 선수를 위한 법률가도 필요하다며 로스쿨에 들어가겠다고 했다.

내 아들이 아니다, 이웃집 아들이다
　　고로 조금 떨어져서 보면 내 아들은 멋있다, 멋있다
　　　　　　짱 멋있다⋯

"로스쿨이 학비가 얼마나 비싼데… 그리고 들어가는 건 쉽다니?" 하는 잔소리를 하면서도, 스스로 공부하겠다고 나선 일은 처음이라 일단은 기특해하는 중이란다.

그 이야기를 듣고, 나는 그 집 아들이 미더워졌다. 우선 그 댁 아드님은 좋아하는 게 초지일관 분명하니, 얼마나 대단한 청년인가. 게다가 좋아하는 것을 확장시키는 길까지 생각했으니 얼마나 기특한가.

그 집 아들을 긍정적으로 보는 것은 내 아들이 아니기 때문이라고? 그럴지도 모른다. 그런데 그런 지적을 받는다면 나는 기분이 더 좋아질 것이다. 그 지적대로라면 옆집 사람이 보기에 내 아들도 가능성 많은 꽤 괜찮은 청년일 게 분명하니, 이 아니 기쁠쏘냐!

아이의 진로 문제로 속 터지는 순간마다 혈압 관리를 하면서 주문을 외우기로 하자.
"내 아들이 아니다, 이웃집 아들이다… 고로 조금 떨어져서 보면 내 아들은 멋있다, 멋있다… 짱 멋있다…."

맨손체조
분투기

거리에 요가나 필라테스, 권투 등 운동과 관련된 학원이 많이 보인다. 그만큼 운동을 하려는 사람이 많다는 뜻일 것이다.

친구와 선후배 중에도 규칙적으로 걷기 운동을 하는 이들이 있다.

아… 그야말로 존경한다.

사는 지역의 둘레길을 찾아 걷기도 하고, 좋다는 길을 찾아 다니고, '서울 시내 한 바퀴 돌기' 같이 목표를 세우고 걷는 사람들. 그런 의지와 인내는 대체 어디에서 나오는 것일까.

나는 꼼지락대며 앉아 노는 것만 좋아하던 아이였다. 덕분에 작은 키와 튼실한 허벅지를 가지게 되었고, 사춘기 이후 날씬했던 적도 없다. 건강검진을 하면 항상 과체중으로 지적받고, 예쁜 옷을 사 입어도 태가 안 났다.

어릴 때는 '나보다 많이 먹고 운동도 안 해도 날씬한 친구들이 많은데, 나는 왜 이런 체질을 물려받았담?' 하고 부모님 탓을 했다. 운동을 안 하고 몸 관리 안 한 내 탓은 하지 않고.

우리 아이들도 날 닮아서인지 부모 탓을 한다. 허리가 큰 바지를 사도 허벅지는 꽉 낀다나?

"그건 만약에 다시 닥칠지도 모르는 빙하기를 위해서 엄마가 너희에게 물려준 위대한 유산이지" 하고 웃어넘기면서도 미안해진다.

이제라도 운동을 해볼까 해서 둘러보았다. 신나는 음악에 맞춰 몸을 흔드는 에어로빅은 어떨까? 애석하게도 50대에 처음 시작하는 것은 권하지 않는단다.

운동 안 하던 사람은 어떤 운동을 해야 하나 고민하는데, 나보다 나이가 많은 분이 권해준 것이 있다.

바로 국민체조. 일흔이 넘은 그분은 어려서 배운 국민체조를 하루에 세 번씩 연달아 하신단다. 다른 운동은 안 하는데도

크게 아픈 데 없고, 심지어 무릎도 비교적 튼튼해서 동네 약수
터를 무리 없이 오르내린단다.

그 이야기를 듣고 나서 나도 가끔 국민체조를 한다. 인터넷
의 도움을 받아 배경음악까지 틀어놓고 혼자서 즐겁게 한다.

지금 50대가 초등학생 시절에 배운 국민체조 외에도 활용할
수 있는 체조가 많다.

우선 인터넷 포털 사이트에 '국민체조'라고 입력한다. 그러
면 어려서 배워 순서가 가물가물한 바로 그 체조가 나온다. 국
민체조가 마음에 들면 바로 하면 되고, 새로운 것을 원하면 '새
천년 건강체조'라고 치면 1999년에 만들어진 6분 3초짜리 체
조가 나온다. 이 체조는 국악 느낌이 나는 배경음악에 택견 동
작을 활용해 국민체조보다 동작이 부드럽다. 나는 이 체조가
마음에 들어서 잊어버릴 만하면 한 번씩 해본다. 길지 않은 운
동 시간인데도 하고 나면 몸에 열이 오르는 게 느껴지고 기분
이 좋아진다.

이제와 더 이상 키가 클 일은 없지만, 그래도 키가 크고 싶
은 마음이 일거든 '청소년체조'도 좋다.

이 체조는 운동 시간이 짧으면서도 키가 클 것만 같은 동작
으로 채워져 있어 하고 나면 기분이 상쾌해진다.

운동에 대해 아는 것도 없고 실천하는 것도 없는 부끄러운 나지만, 체조만큼은 자주 해보겠다고 오늘도 나와 손가락을 건다.

나는 꼼지락대며 앉아 노는 것만
좋아하던 아이였다

이제라도 운동을 해볼까 해서
둘러보았다

장문의 문자는
그만 보내자

휴대폰 카톡이나 밴드에는 친구들이 올리는 사진과 문자가 수시로 도착한다.

그 외에도 슈퍼마켓이나 백화점에서 세일을 알리는 내용, 신용카드사나 우체국에서 온 정보, 아이들 학교와 관련해 가입한 단체 등에서 보낸 공지사항도 날아온다.

간혹 선거라도 있으면 지지를 호소하는 문자는 또 얼마나 많이 오는지.

정말이지 많기도 하다. 문자 메시지를 받지 못하던 시절에는 이 많은 연락을 어떻게 받았던가.

생각해보면 그런 문자 없이도 어찌어찌 잘 흘러왔다.

휴대폰으로 문자를 주고받는 일을 떠날 수는 없게 되었는데, 최근에 조심해야 할 문자 연락도 있음을 알게 되었다.

결혼한 지 오래되지 않은 젊은 남자들과 이야기를 나누게 됐는데, 그들 중에 장모님과 장인어른의 문자를 몹시 부담스러워하는 경우가 있었다.

"오늘도 건강하게 잘 지내게" 같은 안부나 "이번 주 토요일에 만나세" 같은 약속이 담긴 문자를 말하는 게 아니다.

한 젊은 사위가 버거워한 것은 소위 '좋은 글을 담은 장문의 문자'였다. 교회에 다니는 장모님이 성경과 관련된 글을 매일 보낸다고 한다. 다니는 교회에서 성도들에게 보낸 문자가 좋은 내용이니까 같이 나누자고 전달하는 것이다.

다른 이의 장인어른은 절에 다니면서 불교 커뮤니티에 가입했는데, 거기에서 보내주는 불경 이야기를 휴대폰 문자로 전달한단다. 물론 좋은 내용이다. 하지만 짧지도 않아서 매번 열심히 읽게 되지도 않고, 응대를 어찌해야 하는가도 큰 고민이란다.

좋은 글을 애써 보내신 것은 알지만 매번 간단히 "고맙습니다" 하고 끝내기도 그렇고, 그렇다고 그냥 가만히 앉아 받기만 하자니 죄송하다. 그러니 그런 '길고도 좋은 내용의 문자'는 제

정말이지 망기도 하다
문자 메시지를 받지 못하던 시절에는
이 많은 연락을 어떻게 받았던가

발 보내지 말았으면 하는 것이다.

정말 좋고 재미있어서 꼭 공유하고 싶다면 직계가족이나 친한 친구에게만 한정하도록 하자. 사위나 며느리는 한 발 떨어진 사이다. 아무리 딸처럼 아들처럼 지낸다고 해도 예의를 갖춰야 하는 관계다. 그러니 제발 좋은 말, 좋은 글을 그들에게 문자로 전달하지 말자.

요즘 젊은이들은 안 그래도 온갖 정보에 노출되어 있어 피로하고, 그런 글을 읽고 묵상하기에는 먹고사는 일이 너무 바쁘다. 그리고 그들에게 필요한 좋은 말은, 우리 세대가 좋다고 생각하는 말과 종류가 다를 수도 있다.

성가신 노인이 되지 않으려면 이처럼 전달하고 싶은 것을 꾹 참는 결단도 필요하다.

우렁각시,
사표 내다

이런 이야기를 드물지 않게 들었을 것이다.

대기업에서 열심히 일해 쭉쭉 승진하던 여성이 나이 40이 넘자 더 이상의 높은 자리에 오르는 데 실패했다. '유리천장'이라 불리는 보이지 않는 한계에 부딪친 것이다. 최종 승진은 어떤 남성 동료가 가져갔는데, 그에게 축하 인사를 건네며 그 여성이 말했다.

"나도 너처럼 아내가 있었으면 승진했을 거야."

1971년, 미국에서 여성 인권 운동가 글로리아 스타이넘이 창간한 《미즈Ms》라는 잡지가 나왔는데, 이 잡지 첫 호는 주부

그림이 표지를 장식했다. 그런데 이 주부는 옛 인도의 여신처럼 팔이 여덟 개 달린 모습이었다. 여덟 개의 손은 각기 다른 물건을 잡고 있었는데 다리미, 달걀 프라이를 하는 프라이팬, 거울, 자동차 핸들, 빗자루, 타자기, 시계, 전화기였다.

여기에 주디 브래디라는 작가는 〈왜 나는 아내가 필요한가?〉라는 글을 기고했다. 내용은 대강 이렇다.

"나는 아이들을 잘 키우고, 공부 잘 시키고, 치과나 동물원에 데려갈 아내가 필요하다. 돈도 벌어서 양육비를 대고, 내가 지쳐서 집에 오면 맛있는 것을 해서 위로해주고, 어지르면 치워주는 아내, 옷을 빨고 다려주는 아내, 아프면 간호해주는 아내. 내 친구들을 초대해서 별식을 만들어 '짜잔' 하고 멋있게 내놓고, 집 안도 우아하게 장식하는 아내를 원한다. 그리고 내가 외박해도 문제 삼지 않는 그런 아내를 원한다."

이 글은 세상에 절대 있을 수 없는 아내를 원한다고 함으로써, 여성에 대한 무리한 요구를 지적한 것이다.

아내의 이상적인 역할은 민담으로도 전해온다.

총각 나무꾼이 나무를 하다가 "이렇게 열심히 일해서 누구랑 먹고사나" 한탄을 하자, 어디선가 "나랑 먹고살지~" 하는 고운 노랫소리가 들린다.

그 소리를 따라가 보니 우렁이가 있다. 우렁이를 집으로 데려와 부엌에 있는 물독에 넣어둔 다음에는… 모두가 아는 이야기가 이어진다.

나무꾼은 복도 많지. 그를 위해 청소하고 빨래하고 밥도 짓고, 불을 때서 방을 따뜻하게 해주는 아내를 얻는 '횡재'를 했다.

우렁각시 민담은 혹 남자들이 그들의 환상을 충족하기 위해 만들어낸 이야기는 아니었을까?

세상 이치는 받은 만큼 주어야 하는 법.

이제 우리도 요구해도 괜찮지 않을까? 우렁각시 노릇을 많이 한 50대니까, 그간의 시간에 대해 약간의 이자를 이제라도 받는 것이 마땅하지 않을까.

세상 이치는 받은 만큼 주어야 하는 법

전원주택에 살까,
아파트에 살까?

주말이면 인터넷 포털사이트 메인 화면에는 농가주택이나 전원주택을 소재로 한 기사가 올라온다. 주말에 어울리는 아이템을 제시할 테니 클릭해보라는 뜻일 텐데, 나는 어찌나 순종적인지 정말 클릭해본다. 그러면서 매번 감탄한다.

'우와, 이렇게 초록에 둘러싸여 살면 정말 좋겠다.'

'상추를 키워서 친구들에게 나눠주면 좋겠다.'

분수를 알아서인지 내 눈은 으리으리한 전원주택 화면에는 오래 머물지 않는다. 통유리를 끼운 드넓은 거실에 스페인 기와를 올렸다는 멋있는 2층 저택 분위기의 전원주택은 그저 잠깐 구경하고, 낡은 농가주택을 고친 작은 집에 눈을 오래 두게 된다.

친구들과 만나는 자리에서도 언제부터인가 전원주택, 주말주택 이야기가 종종 나온다. 그러면 나는 냉큼 "나도 귀촌하고 싶어!" 하고 말하는데, 그런 때면 친구들은 두 패로 나뉘기 마련이다.

다수의 친구들은 "너 농촌에 살아봤어? 아니잖아. 농사가 얼마나 힘든데… 게다가 농촌 사람들하고 잘 사귀어야 하는데 그게 그렇게 어렵다더라. 텃세도 있대. 차라리 전원주택을 가진 친구를 사귀어서 가끔 놀러나 가" 하는 쪽이다.

여기에다가 지인이 전원주택을 마련해서 놀러 갔는데, 손톱 밑이 까맣게 되었다는 둥, 얼굴에 기미와 잡티가 많이도 생겼더라는 둥, 아프면 병원도 먼데 어쩔 거냐는 둥 보태지는 얘기가 늘어간다.

반면에 소수의 친구가 "나는 나이 들면 전원주택에 살고 싶어. 작은 텃밭도 딸렸으면 좋겠고, 도시에서 멀지도 않았으면 좋겠고…" 이러면서 희망사항을 열거한다.

주말농장을 해본 밑천으로, 아무리 작은 밭이라도 농사가 얼마나 어려운지는 나도 조금 안다.

한여름에는 한 주만 건너뛰고 방문해도 잡초가 무시로 자라 있어 깜짝 놀라고, 지난주에는 분명 고추가 멀쩡했는데 이번 주에 가니 병이 들어 시들시들한 적도 있다. 대를 세우고 줄을 잘 매주어야 하는데 그걸 제대로 하지 않아 방울토마토가 마치 호박처럼 땅을 기어가며 가지를 뻗는 것을 보고는 얼마나 미안하던지.

하지만 즐겁고 기뻤던 추억도 많다. 냉이를 잔뜩 캐서 데쳐 먹고 무쳐 먹고 비벼도 먹고, 된장국도 끓이고 부침까지 해서 한 상을 차린 향기로운 날이 있었고, 잡초로 분류된 풀을 뽑으면서는 그 생명력에 얼마나 감탄했는지. 다른 풀이 없는 곳에 난 풀은 누가 올 새라 얼른 팔을 벌려 눕는 것도 보았다. 면적을 많이 차지하려는 전략인 것이다. 다른 풀들이 많은 데서 난 잡초는 같은 잡초여도 몸을 세워 뾰족하게 올라왔다. 누울 자리를 보고 발을 뻗는 걸로 치자면 잡초만큼 눈치 빠른 녀석도 없을 듯싶다.

까만 주근깨가 송송 박힌 갓 따 먹는 방울토마토는 얼마나 싱그럽던지. 가지 꽃은 어쩌면 그리도 고운 보랏빛인지, 어느 물감으로도 그 빛을 흉내낼 수 없을 것 같았다. 상춧잎을 살짝 누르듯 돌려 따면 나오던 하얀 액도 마치 상추가 흘리는 눈물 같아서 신비했다.

자연 속에 살고 싶은 마음과 실제 전원주택이나 농가주택에서 사는 것의 거리는 얼마나 될까.

어쩌면 그런 것은 마음이 결정한다기보다 돈이나 기타 여러 상황이 결정하는 문제인지도 모르겠다.

그럼에도 불구하고 궁금해진다.

나는 도시에서 계속 살게 될까?

아니면 시골에서 살게 될까?

나만의
자서전 쓰기

명절에 고향에 갔을 때, 옛날 친구의 소식을 들었을 때, 특정한 냄새를 맡았을 때, 어떤 사물을 보았을 때 등 불현듯 추억이 끌려나오는 때가 있다. 추억이 한 조각 나오기 시작하면 때로는 며칠이고 계속해서 끌어내 보고 싶은 때가 생긴다.

그때가 바로 자기 자신을 만나고 싶은 때, 자기 자신을 만나야 하는 때는 아닐까.

누구나 뒤적이고 싶지 않은, 가슴에 그냥 묻어두고 싶은 상처가 있기 마련이다. 그런데 신기하게도 50이 되니 아픈 부분을 어쩐지 자세히 들여다보고 싶고, 오늘의 내가 되기까지 무슨 일이 있었는지 그 연원을 기억의 호미로 파 보고 싶어지는 때가 있다.

나는 그럴 때 조금씩 '나만의 자서전'을 쓴다.

〈여성시대〉에는 자서전 쓰듯이 당신의 인생을 주욱 적어 보내오는 분이 많은데, 읽다 보면 누구의 인생이든 감동을 준다는 결론을 내리게 된다.

자서전이라고 해서 책 한 권 분량을 생각할 필요는 없다. 특별히 적어보고 싶은 시절을 골라 쓰기 시작하면 이미 출발한 셈이다.

'초등학교·중학교 시절'처럼 시기로 구분해서 적어도 좋고, '집·친구·음식' 등 주제를 가지고 적어도 좋다.

글 쓰는 데 취미가 없다고? 그래도 괜찮다. 연필로 조금씩 몇 자라도 적다 보면, 사각거리는 연필심이 주는 감각에 기분이 새로워진다. 마치 학창 시절로 돌아가 공부라도 하는 듯 뿌듯해진다.

보장할 수 있는 것은, 쓰다 보면 쓰고 싶은 게 더 많아지고, 쓰다 보면 점점 더 잘 쓰게 된다는 사실이다. 이것은 청취자의 편지를 방송하는 라디오 프로그램에서 20년 이상 일하며 확실하게 깨달은 점이다.

자서전을 더 즐겁게 쓸 수 있는 몇 가지 제안을 드려본다.

- 줄 없는 노트를 장만한다.
- 시대별로 차례대로 적는다. 혹은 중요한 사건 위주로 적는다. 혹은 일기처럼 '바로 오늘'의 기록으로 시작해도 좋다. 분량은 상관없다. 길어도 좋고 시처럼 짧아도 된다.
- 관련된 시절의 사진을 찾아 글 옆에 배치해본다. 이렇게 하면 잊었던 기억이 새롭게 떠오르고 노트가 잡지처럼 꾸며진다. 사진 대신 그림을 그려도 좋다.

매일 시간을 정해 커피 잔이나 프라이팬 등 부엌 소품을 그리는 분이 있는데, 볼펜이나 연필로 줄 없는 종이에 그린다. 그리고 그 옆에 감상을 쓰는데 내용이 간단하면서도 귀엽다.

"프라이팬 바닥이 다 벗겨졌네. 새로 사야겠다. 프라이팬아, 너 참 수고했다."

이런 식이다. 그런데 그 짧은 글도 매일 쓰다 보니 가족, 날씨, 뉴스, 오가는 감상 등이 저절로 묻어나 아주 재미있는 나만의 책이 되더란다. 그리고 공책 첫 장에 그린 그림과 마지막 장에 그린 그림이 절로 비교가 되는데, 자신이 보아도 그야말로 일취월장이라나?

꼭 누구에게 보여주지 않아도 나만의 책 하나 남기는 것, 좋지 않겠는가.

알고 보면
춤의 시작은 짠하다

주변에 춤을 배운다는 사람이 부쩍 늘었다.

춤이야말로 허리와 어깨를 반듯하게 펴주고, 내장비만을 줄이는 데 제일이라는 소리를 들었는데, 그렇다면 춤이 가장 필요한 사람은 바로 나다.

지역 문화센터에도 댄스 강좌가 많이 보인다. 나이가 들면 에어로빅 같은 격한 운동보다는 음악에 맞춰 편안하게 몸을 움직이는 춤이 더 좋다고 하니, 이참에 나도 한번 꿈을 가져볼까나?

친한 선배 한 분이 여러 해 전부터 춤에 푹 빠져 있다. 처음에는 자세 잡는 게 보통 어려운 일이 아니라고, 자세를 잡고 서 있기만 해도 땀이 뻘뻘 난다고 하더니, 요즘은 만나기만 하면 "알고 보니 춤도 사연이 짠하더라고…" 하며 춤 이야기를 들려준다.

댄스스포츠는 1995년부터 올림픽 종목에도 들어갈 정도로 세계인이 즐기는 스포츠인데, 스탠더드댄스 다섯 종목과 라틴아메리카댄스 다섯 종목, 총 10개 종목이 있다고 한다.

왈츠·슬로 폭스트롯·탱고·퀵스텝·비엔나 왈츠가 스탠더드댄스 다섯 종목이고, 룸바·삼바·차차차·파소 도블레·자이브가 라틴아메리카댄스 다섯 종목이란다.

춤이야, 인간이 세상에 나면서부터 있었을 텐데, 영국이 정리한 이 댄스스포츠 10개 종목 가운데 8개는 아프리카에서 아메리카로 강제로 끌려간 3천만 명이나 되는 노예들의 아픔에서 출발했거나, 남미 식민지 노동자들의 슬픔에서 유래했다는 것이다.

예를 들어서 맘보와 차차차는 룸바에 뿌리를 두고 있는데, 이 춤에는 어깨를 들썩거리지 않으면서 발을 질질 끄는 스텝이 있다. 그 동작은 노예가 무거운 짐을 지고 발을 질질 끌며 걷는 모습이나 쇠사슬을 발목에 채운 채 겨우겨우 억지로 걷는 걸음에서 유래했단다.

또 파트너 주변을 도는 동작은 마치 바퀴 자국을 따라서 노예가 힘들게 발을 옮기는 모습에서 따왔고, 발을 옆으로 벌렸다가 재빨리 모으는 동작은, 노예들이 거처하던 지저분한 창고에 이리저리 기어 다니던 바퀴벌레를 잡아 죽이는 모습에서 따왔다는 것이다.

돌이켜보면 우리 춤도 비슷한 배경을 가진 것 같다. 양반들이 하도 꼴사납게 구니까 그들을 골리는 주인공이 등장하는 탈춤이 나온 것도 결국 같은 맥락 아니겠는가. 아픔과 설움에서 출발한 몸짓언어, 춤.

그저 마음이 끌려서 춤을 춘다는 사람이 많다. 생각하건데 춤에 눈길이 자꾸 가고 배우고 싶다면, 아마도 그건 우리 안에 깃든 무언가가 우리를 끌어당겨서일 것이다. 마음속 설움, 아픔, 힘듦을 춤으로 승화시키라는 내면의 속삭임을 들은 것일 수 있다.

춤을 배운 사람들은 하나같이 즐거워하고 몸과 마음이 가벼워지고 좋아졌다고 한다.

그들은 춤을 통해 무엇을 표출했을까? 춤을 통해 무엇을 풀어내고 무엇을 간직하게 되었을까?

나이가 들면 에어로빅 같은 격한 운동보다는
음악에 맞춰 편안하게 몸을 움직이는 춤이 더 좋다고 하니
이참에 나도 한번 꿈을 가져볼까나?

오늘의
사색

여럿인 건 싫지만 혼자인 것도 못 견딜 일

무슨 일이 있는 것도 싫지만 아무 일이 없는 건 더 싫어

나는 마음 빼앗길까 두렵고 마음 빼앗기지 않을까 두려워

평화를 원하지만 평화만인 것도 지루해

최선이 무엇인지
나에게 가장 좋은 게 무엇인지
잠시 멈춰 생각한다

타인에게
말 걸기

지하철을 탈 때면 경로석 쪽에 서 있는 편이다.

자리가 비어 있으면 엉덩이를 잠시 걸쳤다가 '어르신이 오르면 양보해야지' 하는 얄팍한 흑심을 가질 때도 있지만, 대개는 그 앞에 서서 관찰을 하고 싶어서다.

경로석에는 나의 미래 모습이 있기 때문이다.

약수역 6호선과 3호선이 갈라지는 지점에는 종종 액세서리 장수가 보자기를 편다. 그분은 매번 같은 자리에 전을 여는데 쫓겨서 바삐 짐을 챙기는 장면을 본 적도 있다. 지하철역 안에서 장사를 하는 것은 불법이니까.

그럼에도 불구하고 그이는 꿋꿋이 난전을 펴고, 나는 거기를 자주 기웃거린다. 나는 몸도 마음도 아줌마와 할머니 중간쯤이라, 이런 구경을 매우 좋아한다.

액세서리는 천 원부터 가장 비싼 것이 4천 원이다. 탐스러운 진주 목걸이도 4천 원. 머리핀은 천 원. 머리 묶는 고무줄도 천 원, 귀걸이는 2~3천 원, 목걸이는 3~4천 원.

내 생각에는 5천 원을 불러도 괜찮을 것 같은데, 나이가 70이 약간 못 되어 보이는 주인은 최고 가격을 4천 원으로 매겼다. 아마도 고객은 '어머, 5천 원은 되어 보이는데 4천 원이라니' 하며 망설이지 않고 사가고 이익을 보았다는 감상에 잠기리라.

구경하면서 나는 난전 주인의 혜안에 감탄했다. 주 고객을 나 같은(돈이 많지 않다, 호기심은 많다, 멋쟁이는 아니나 몇 천 원을 쓰는 것으로 스트레스를 해소할 형편은 된다, 꼭 필요하지 않은 것을 사기도 하는 낭비를 한다) 사람으로 분명하게 설정한 사업 전략에 감탄하지 않을 수 없었다. 그곳에는 그래서 늘 50~60대의 아주머니들이 모여든다.

그날도 나는 귀걸이를 구경하며 '이건 괜찮네', '이건 너무

어딘가 짠하면서도
마음이 따뜻해지는 사람들

젊은 디자인이야' 평가하며, 나는 언제 귀를 뚫으면 좋을까 막연한 계획을 세워보고 있었다.

내 옆에 있던 짧은 파마머리 아주머니는 하얀 진주 목걸이를 고르고 4천 원을 지불했고, 그 옆의 모자 쓴 아주머니는 귀걸이를 만지다 놓기를 반복하고 있었다.

나는 배부르게 구경하고 지하철에 올랐는데, 언제나처럼 경로석 앞으로 갔더니 그분들도 내 뒤를 따라 들어와 자리에 앉았다. 습관처럼 두 분을 관찰하기 시작했다.

진주 목걸이를 산 분이 목걸이를 혼자 목에 걸려고 애를 썼다. 그러자 모자 쓴 아주머니가 "내가 걸어드릴까?" 하더니 엉거주춤 일어나 고리를 채워주었다.

그러자 진주 목걸이 아주머니가 목걸이를 쓰다듬으며 이렇게 말했다.

"고마워요. 내가요, 집에 아주 비싸고 좋은 진주 목걸이가 있는데, 오늘 그걸 안 하고 왔더니 목이 허전해서요. 너무 싸구려 같지요?"

모자 쓴 아주머니가 장단을 맞추었다.

"보기는 괜찮아요. 잘 어울리네."

그렇게 말을 튼 두 사람은 어디에서 내리느냐부터 거기에 왜 가느냐로 이야기를 이어갔다.

나는 상암동까지 열네 정거장을 가는 동안, 두 분의 사연을 정말 많이 알게 되었다.

진주 목걸이를 찬 분은 서울에서 살다가 부부가 강릉으로 이사를 갔고, 딸네 아이를 봐주느라 주중에는 서울에 있단다. 전에 서울에서 사업을 크게 했는데 나이가 들어 일을 접었고, 강릉에서는 실내장식을 멋지게 한 아주 좋은 2층 집에 산다고 했다. 그런데 오늘은 사돈네가 온다고 해서 모처럼 손주를 맡기고 바람을 쐰다고 했다. 사는 형편이 넉넉하고 사위는 대기업에 다니고 딸도 월급이 많으며, 손주 보는 게 힘들어서 그렇지 다른 것은 아무 걱정이 없다고 거듭 강조했다. 옷이나 얼굴 표정으로 속단하는 것은 잘못인 줄 알지만, 음… 그분의 행색은 나와 비슷했다.

모자를 쓴 분은 열이 많은지 가방에서 부채를 꺼내 계속 부채질을 했는데, 부채 바람을 진주 목걸이 여사님 쪽으로 보내주며, 당신은 혼자 지하철 타고 돌아다니는 게 취미라고 했다. 오이도도 가보았고 온양온천에도 가보았고 친구들도 많아서 매일 바쁘다고, 아들이 결혼할 때가 지났는데 짝을 데려오지 않는다며 돈도 잘 벌고 인물도 훤해서 곧 임자가 나타날 거라고 하자, 진주 목걸이 여사님은 그 아들을 본 적도 없으련만 "그럼, 잘생겼지, 잘생겼어" 하고 장단을 맞추었다.

나이 든 여자들이 금방 친구가 된다는 것을 익히 들어 알지만, 정말 놀라운 장면이었다. 두 사람은 마치 친한 친구처럼 혀를 차기도 하고 눈을 둥그렇게 뜨기도 하면서 대화에 열중했다.

두 사람의 이야기가 얼마만큼 사실인지 나는 알지 못하지만, 대부분은 진실이고 일부는 부풀려지고 일부는 축소되었으리라. 낯선 사이의 대화란 늘 그렇지 않던가.

엿듣던 내가 그들보다 먼저 내리게 된 것이 아쉬웠다. "안녕히 가세요, 건강하시고요" 하고 인사라도 건네고 싶었다.

어딘가 짠하면서도 마음이 따뜻해지는 사람들.

세상사는 일을 여러 가지 말로 표현할 수 있겠지만, '말 걸기'로도 표현할 수 있을 것 같다. 사람을 향해서 말 걸기, 세상을 향해서 말 걸기.

지하철에서 생전 처음 보는 낯선 사람에게, 목걸이를 채워주며 어디에서 내리느냐고 물어봐주고 그들은 서로에게 말을 걸었다.

손주 봐주는 일이 힘들지 모르지만, '그래, 우리 사위랑 딸이 편하다면야' 하고 속상한 마음을 추슬렀을지 모른다. 아들에게 "너는 대체 언제 장가갈 거냐?" 하고 소리를 지를 때도 있겠지만, 그래도 소개하다 보니 '우리 아들이 잘나긴 했지' 하고 마음속 주름을 폈을 수도 있으리라. 말 걸기란 때로 그런 다림질 효과도 발휘하니까.

말을 걸다가 상처를 받기도 하고, 말을 쏟아놓은 뒤에 한없이 허해지기도 하지만, 그럼에도 불구하고 말 걸기는 계속 되어야 한다. 그리고 말 걸기를 할 때는 로버트 카파라는 유명한 사진작가가 한 말을 떠올리는 것이 어떨지.

"만약 당신의 사진이 마음에 들지 않는다면, 그것은 당신이 충분히 다가가지 않았기 때문이다."

카파는 생전에 전쟁터를 누비며 아픈 현장을 생생히 담아온 사람이다.

그의 말처럼 나도 조금 더 다가가 말을 걸어보려 한다. 충분히 다가가 말을 걸면 아름다움을 많이 발견할 수 있으리라.

사는 일은 결국 다가가는 일인가 보다.

"만약 당신의 사진이 마음에 들지 않는다면
그것은 당신이 충분히 다가가지 않았기 때문이다"

반려를 정하자,
계속해서 정하자

아기를 낳으면서 전업주부가 된 내 친구들은 중간중간 바깥일에 대한 유혹을 받는단다. 일단 아이가 초등학교에 들어갈 때 심하게 갈등한다. 웬만큼 키워놓았으니 나가서 일을 해볼까 싶은 것이다.

아이가 중·고등학교에 가면 더 심각하게 바깥일을 고려한다. 아이들이 바빠 함께 있을 시간도 없는데다가, 자녀에게 드는 돈이 많아지기 때문이다.

그래서 큰 결심을 하고 일에 뛰어들면 벽에 꽈당 부딪친다. '경단녀'라는 말이 등장하기 이전 시절에도 결혼 전에 했던 일을 이어서 하기는 어려웠고, 예나 지금이나 바라는 직업을 갖기가 힘들다. 어찌어찌 모든 자존심을 내려놓고 일을 하게 되었다 쳐도 마음이 채워지지 않는 순간이 무시로 찾아온다.

정말이지 가끔씩 몰려오는 이 끝없는 공허란!

큰 덩어리의 공허감이 밀려온 어느 날 나는 백화점에 갔다. 층마다 걸으며 구경하다 보니, 물건을 보는 것도 아니고 사는 것도 아니면서 왔다 갔다 하는 이들이 눈에 들어왔다. 나는 그들의 얼굴에서 나를 보았다. 넓고 안락한 백화점 화장실, 파우더룸까지 꾸며둔 고상한 휴식 공간에서도 무슨 생각엔가 빠져 앉아 있는 지친 얼굴의 또 다른 나를 만날 수 있었다.

여자로 사는 일이, 엄마로 사는 일이, 언제부턴가 허해졌다. 내 친구도 나와 같다고 했다. 봉사도 다녔는데 몇 년 하다 보니 시들해졌고, 제과와 한식 요리·뜨개질과 바느질까지 기웃거렸고, 요가도 잠시 다녔지만 오래 마음을 붙일 수 없었노라고.

그런 경우에는 '반려'를 자꾸자꾸 만들면 어떨까.

배우자와 반려자가 되고, 강아지와 고양이 등을 키워 반려동물을 만든다. 악기를 전문적으로 파는 낙원상가에서는 '반려 악기를 하나 만들자'고 캠페인을 한다.

공허함이 나를 놔주지 않을 때 마찬가지로 여러 가지 반려를 만드는 것이다.

악기도 좋고 운동도 좋고 음악도 좋고, 무언가를 쓰거나 그리는 것도 좋겠다. 춤이든 가죽 공예든 자꾸자꾸 바꿔가며 반려를 만드는 것이다. 그러다 보면 허한 순간을 조금이라도 줄일 수 있지 않을까.

인생을 산다는 것은 결국 시간을 보내는 작업이다. 시간을 잘 보내기 위해서는 지루하다는 의식 없이 즐거운 일과 취미로 삶을 채워야 한다. 그것이 인생을 잘 사는 길 아니겠는가.

정말이지 가끔씩 몰려오는 이 끝없는 공허란!

2장

—— 아무쪼록 이제는 좋을 대로

오늘도 거의
행복했다면 됐다

작가이자 정치인으로 활동 중인 김한길은 자전적인 에세이
《눈뜨면 없어라》(해냄, 1993)에서 이런 글을 남겼다.

"미국 생활 5년 만에 그녀는 변호사가 되었고 나는 신문사
의 지사장이 되었다. 당시 교포 사회에서는 젊은 부부의 성공
사례로 일컬어지기도 했다. 방 하나짜리 셋집에서 벗어나 바
다가 내려다보이는 언덕 위에 3층짜리 새 집을 지어 이사한 한
달 뒤에, 그녀와 나의 결혼 생활 실패를 공식적으로 인정해야
만 했다. 바꾸어 말하자면, 이혼에 성공했다. 그때그때의 작은
기쁨과 값싼 행복을 무시해버린 대가로."

물론 그 안에는 우리가 모르는 많은 사연이 있겠지만, 20대 후반에 미국으로 이민 간 이 부부는 소소한 행복을 무시하며 살아온 결과 원하던 성공은 얻었지만, 더 큰 것을 잃었다는 고백이다.

　나 역시 소소한 행복을 적립하지 않아서 나중에 후회하는 일이 얼마나 많았는지.
　그래서 어느 날 아침, 일상의 행복과 기쁨을 일부러 적어보았다.

　"아침에 눈을 비교적 쉽게 떴다. 날마다 새벽 다섯시 반부터 알람을 여러 번에 걸쳐 설정해두는데, 오늘은 마지막 알람이 울릴 때가 아니라 두번째나 세번째쯤에 자리를 털고 일어났다. 스스로 꽤 부지런한 사람인 듯 느껴져 기지개를 켜는 마음이 느긋해졌다.
　냉장고로 가 물통을 꺼내면서 '물이 있으려나' 생각했다. 우리 집 식구들은 물이 떨어져도 나 말고는 채워 넣는 이가 없다. 어떤 때는 빈 물통이 들어 있다(빈 통은 왜 넣어둔담? 빈 통이 덥대?). 그런데 오늘은 어인 일로 냉장고에 물이 든 물통이 있다. 추운 베란다로 나가 물을 꺼내오지 않아도 되다니 행운이다.

그다음에는 커피를 마실 차례. 봉지 커피가 거의 떨어지고 있었는데 없으면 어쩌지? 다행이다. 두 개나 남아 있다. 원고를 쓰면서 커피를 마실 수 있다니… 아, 좋다.

물을 끓이며 밥솥을 열어본다. 밥도 남았다! 아침을 새로 안 지어도 된다. 어제 끓인 된장국도 있다. 아이들이 어릴 때는 깨워, 씻겨, 먹여, 사이사이 원고 써, 얼마나 분주한 아침이었던가. 그때보다 훨씬 여유가 생긴 지금의 아침 시간만으로도 부자가 된 기분이다.

이제는 현관문을 열고 신문을 가져와야 할 차례. 외시경으로 밖을 살짝 내다보고 내 딴에는 민첩한 동작으로 아침 신문을 들여왔다.

신문을 뒤적이며 오늘 원고에 쓸 만한 아이템을 찾는다. 생각보다 쉽게 몇 가지가 추려져서 마음이 가벼워진다. 어떤 날은 마감 시간이 다 되도록 마음에 드는 소재를 찾지 못해 절절매기도 하니 말이다.

무사히 원고를 써 넘기고 씻고 지하철을 탔더니, 기둥 옆자리 즉, 일곱 개 좌석 가운데 바깥자리가 비어 있다. 사람 사이에 꼭 끼어서 앉지 않을 수 있고, 내 몸의 한쪽 면만 타인과 닿아도 되니, 이 얼마나 기쁜가. 미소가 절로 난다.

덜컹덜컹 지하철은 잘 굴러가고 창밖으로는 햇살에 반짝이

어느 날 아침
일상의 행복과 기쁨을 일부러 적어보았다

는 강물이 보인다. 오늘 하루도 잘 지내야지 마음먹으며 스마트폰으로 라디오를 듣는다. 전에는 아이들이 쓰다 버린 MP3 플레이어를 사용하거나, 훨씬 더 전에는 카세트테이프가 들어가는 휴대용 플레이어로 라디오를 들었다. 지금은 그에 비하면 얼마나 편한지. 라디오를 들으면서 문자 메시지나 이메일도 체크한다.

지하철 안 한쪽에서 할머니 앞에서 재롱을 부리는 귀여운 아기를 보았다. 아기와 눈이 마주치는 순간 둘 다 웃었다. 아기가 보기에 나는 무섭지 않은 아줌마(아니 할머니인가?)인가 보네. 기쁘다.

가방에서 책을 꺼내 몇 장 읽고, 유튜브를 뒤적이다가 정거장을 지나치지 않고(졸다가 혹은 생각에 빠져, 아니면 무언가를 읽다가 내릴 정거장을 놓치는 일도 허다하다) 일터에 잘 도착했다."

오전에 찾은 소소한 기쁨만도 이렇게나 많다.

수없이 밑줄을 긋게 한 《이반 데니소비치의 하루》가 생각난다. 작가 솔제니친이 직접 경험한 노동수용소의 하루를 묘사한 작품인데, 이런 저런 인용에서 접할 때마다 크고도 쓸쓸한 울림을 준다. 특히 마지막 대목이.

"그는 아주 흡족한 마음으로 잠이 든다. 오늘 하루는 아주 운이 좋은 날이었다. 영창에 들어가지도 않았고, '사회주의 생활 단지'로 작업을 나가지도 않았으며, 점심때는 속여서 죽 한 그릇을 더 먹었다. 그리고 반장이 작업량 조정을 잘해서 오후에는 즐거운 마음으로 벽돌 쌓기도 했다. 줄칼 조각도 검사에 걸리지 않고 무사히 가지고 들어왔다. 저녁에는 체자리(동료 이름) 대신 순번을 맡아주고 많은 벌이를 했으며, 잎담배도 사지 않았는가. 그리고 찌뿌드드하던 몸도 이젠 씻은 듯이 다 나았다. 눈앞이 캄캄한 그런 날이 아니었고, 거의 행복하다고 할 수 있는 날이었다. 이렇게 그는 형기가 시작되어 끝나는 날까지 무려 10년을, 그러니까 날수로 계산하면 3,653일을 보냈다. 사흘을 더 수용소에서 보낸 것은 그 사이 윤년이 들어 있었기 때문이다."

그게 무슨 "거의 행복"이고 "흡족"이냐고, 비참하기 짝이 없다고 따지고 싶지만, 반복되는 매일이 회색이라면 인간은 아주 작은 희망에라도 매달릴 수밖에.

오늘 하루가 거의 행복했다면 괜찮다고, 그거면 됐다고 스스로 다독이는 모습에 가슴이 뭉클해진다.

'인생이 고해'라거나 '사람은 모두 인생이라는 커다란 감옥

오늘 하루가 거의 행복했다면
괜찮다고, 그거면 됐다고

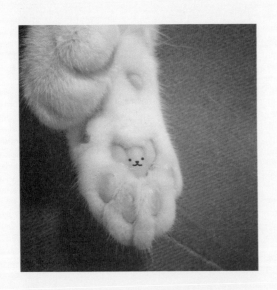

에 사는 죄수'라는 표현도 있으니, 우리 역시 소설 속 주인공처럼 소소한 행복이나 "거의 행복"에 기뻐해도 좋으리.

어쨌든 살아 있고 살아야 하고 한편으로는 살아지기도 하니, 기왕이면 미소를 띠고 싶다.

길에 떨어진 작은 자갈 같은 행복을
허리 굽혀서 자주 주울 것.
행복이 뭐 대단하고 큰 것이 아니라고
자신에게 수시로 일러줄 것.
(이반 데니소비치 슈호프처럼)
'어떻게든 살아보자는 생각'으로 생존에 매달리지만
최소한의 품위는 잃지 않을 것.

그렇게 소소한 행복에 기대다 보면, 내가 가진 유한한 시간도 그런대로 잘 소비할 수 있으리라.

고슴도치의
거리 조절

살면서 점점 조심스러워지는 일이 있다.

시행착오를 겪고 있는 후배에게 뭔가 잔소리 비슷한 걸 하고 싶다가도, 혹시 상대의 마음이 상하지는 않을까 싶어 정말 중요한 것이 아니면 말을 하지 않게 된다. 사실 사람은 타인의 말에 의해 바뀌는 경우가 별로 없기도 하니 말이다.

배우자나 자녀와도 그렇다. '여기서 이 말을 하면?' 하고 결과가 내다보이는 순간에는 나가려던 말을 멈추게 된다.

많은 세월과 사건 속에서 그런 거리 조절이 조금은 가능해졌다고나 할까?

인간관계에서 발휘되는 이런 50대의 거리 감각을 '고슴도치 감각'이라 부르는 건 어떨까?

200여 년 전에 활동한 독일 철학자 쇼펜하우어는 일찍이 사람 사이에 필요한 거리를 고슴도치 두 마리에 비유했다.

어느 겨울, 고슴도치 두 마리가 추워 얼어 죽을 것 같아서 몸을 녹여야겠다고 생각했다. 그래서 둘이 붙어 있는데 너무 다가가면 가시가 서로를 찔러 둘 다 피투성이가 되었다. 그렇다고 멀찍이 떨어지면 이번에는 추위를 이겨낼 길이 없어진다. 고슴도치 두 마리는 몇 번이나 피투성이가 된 끝에, 결국 다치지 않으면서 추위도 견딜 수 있는 알맞은 거리를 찾았다.

나이 들면서 좋은 점은 이 적당한 거리감이 생긴다는 점이다. 상대에게 무턱대고 다가가서 찔리거나 놀라게 하는 게 아니라, 서로에게 상처가 되지 않을 정도의 거리감을 유지하면 인간관계가 훨씬 나아진다.

이런 노래를 지어 부르고 싶을 정도다.

"나이 먹는 건 좋은 일~ ♪ 사람과 사람 사이의 거리가 얼마나 되어야 하는지 조금은 알게 된다네~ ♬"

선사시대부터
이어져온 꿈

울산 대곡리에 가면 선사시대 그림인 '반구대 암각화'라는 국보 285호가 있다. 여기에는 고래와 물고기 그림이 많고, 호랑이·표범·바다거북·너구리 등도 보이는데, 최근에 그 안에서 새로운 그림 약 50가지를 더 찾아냈다고 한다. 고래 속에서 다른 고래를 찾았고, 사슴과 작살을 든 사람도 발견했고, '십자 모양'인 무언가가 규칙적으로 보여서 혹 오래전의 상형문자가 아닐까 추측된단다.

선사시대 사람들은 왜 이처럼 돌벽에 물고기와 온갖 것들을 새겼을까?

학자들은 풍요를 꿈꾸었기 때문이라고 해석한다. 물고기를 많이 잡았으면 하는 소망을 담은 그림이라는 것이다.

2017년 경기도 고양시의 한 고속도로 공사 현장에서 4~7만 년 전 사이의 구석기 유물이 만 점 넘게 발견되기도 했다. 긁고 찌르고 자를 수 있는 구석기시대의 만능 칼인 '주먹도끼', 돌을 떼어내 뾰족하게 만든 '주먹찌르개', 석기에다 막대를 끼워 쓰는 '슴베찌르개'도 나왔는데, 구석기 유물이 한꺼번에 이렇게 많이 나온 것은 처음이라고 한다.

전문가들은 아마도 이 발굴지가 석기 제조공장이었을 거라고 했다. 규모로 보건데 석기를 다른 지역까지 멀리 보급했을 거라고도 했다.

구석기시대에 석기를 대규모로 생산하던 공장이라니.

이 공장에서 일하던 사람들은 대체 어떤 꿈을 꾸었을까?

같은 시대의 구석기인들이 환호할 만한 새로운 상품을 개발하는 꿈. 석기 상품을 멀리까지 수출하는 원대한 꿈. 그래서 문화를 발달시키고 가족을 풍요롭게 하는 꿈.

그런 꿈을 꾸지 않았을까?

선사시대 인간의 꿈의 흔적과 마찬가지로
지금의 우리도 여전히 '꿈꾸는 존재'임이 분명하다

선사시대 인간의 꿈의 흔적과 마찬가지로 지금의 우리도 여전히 '꿈꾸는 존재'임이 분명하다. 내가 일하고 있는 라디오 프로그램 〈여성시대〉로 편지를 보낸 안 여사님의 사연도 그렇다.

안 여사님은 5일장을 돌며 화장품 장사를 하는 분인데 글을 잘 쓰신다. 수필집을 내서 베스트셀러가 되기도 했다. 이분은 어려서 엄희자 작가의 만화를 좋아했단다. 조금 커서는 만화가가 되고 싶었는데 결혼하고 아이들을 키우며 그 꿈을 잊고 살았단다. 아이들이 다 자라 독립하자, 이분은 다시금 만화에 대한 꿈을 떠올렸다. 그래서 요즘 만화인 웹툰 학원에 등록했는데 수업 첫날 가보니 고등학생이 여섯 명, 20대가 두 명, 그리고 50대 후반인 안 여사님이더란다. 강사님도 30대.

나이 앞에 주눅이 들었지만 안 여사님은 '나는 할 수 있다'고 되뇌며 시작했는데 도저히 진도를 따라갈 수가 없었다. 그래서 유튜브로 웹툰 그리는 법을 독학하며 만화 공부에 더욱 매달렸고, 장터 노점에서도 손님이 없을 때는 이면지에 그림을 수십 장씩 그렸단다. 얼마 전에는 딸이 그림을 그릴 수 있는 태블릿을 선물했다며, 안 여사님은 편지 끝에 이렇게 적었다.

"그래, 끝까지 해볼 테다!"

이 편지를 보며 일본의 어느 애니메이션에 나왔다는 대사가 생각났다.

"꿈은 도망가지 않아. 도망가는 것은 언제나 너 자신이야!"

그럴지 몰라. 나는 꿈을 지나쳐왔지만, 꿈은 그 자리에서 자신을 이뤄줄 나를 계속 기다리고 있었을지 몰라.

나 역시 다시 꿈에게로 돌아가려 한다.

나이에 상관없이 우리는 누구나 꿈꾸는 존재니까.

재능을 살리고 싶은 꿈

가족과 주변을 더 풍요롭게 만드는 꿈

안전하고 따뜻한 사회를 만드는 꿈

더 나은 세상을 만드는 꿈.

나, 이제 더는 꿈에서 도망가지 않을 테야. 더는….

"꿈은 도망가지 않아.
도망가는 것은 언제나 너 자신이야!"

곧 귀 뚫으러
갑니다

확 저질러버리는 일을 잘 못하는 나는 '귀 뚫기'를 무슨 대단한 계획처럼 가슴에 지니고 있다.

'언젠가 너무도 답답할 때 귀를 뚫어야지' 하는 이 소심한 계획은 20~30년 장대하게 자라고 자라, 이제는 아무 때나 귀를 뚫으면 안 될 것 같은 지경에 이르렀다.

친구 하나도 나와 비슷해서, 귀를 뚫고 귀걸이 거는 일을 엄청난 결심이 필요한 것으로 여긴다.

또 한 친구는(이 친구는 20대에 귀를 뚫어 귀걸이를 종종 한다) 우리 둘에게 수시로 "귀 뚫는 거 별거 아냐. 같이 가줄까? 첫번째 귀걸이는 내가 사줄게!" 하며 변신을 종용하곤 했다.

54세가 된 해에 셋이 모였을 때, 다시 귀 뚫는 이야기가 나오자 "그거 별거 아냐"를 주장하던 친구가 말했다.

"한동안은 신선해. 해서 신선할 일이 이 나이에 뭐 얼마나 있겠니. 뚫어!"

그러자 또 한 친구가 어인 일로 "그럴까?" 하는 것이다. 그러더니 얼마 후 혼자 어느 지하상가에 가서 귀를 뚫고, 귓볼에 딱 붙는 팥알만 한 귀걸이를 하고 왔다.

기회가 닿으면 하려고 했던 이런 류의 일이 얼마나 많은지. 눈꺼풀이 너무 처져서 시야를 가린다고 들어 올리는 수술을 하겠다거나, 흐려진 눈썹에 문신을 하겠다거나, 네일숍에 가서 손톱을 다듬겠다거나, 점을 빼겠다거나….

용기를 내 귀를 뚫은 친구에게 부러운 마음을 담아 "귀걸이가 잘 보이지도 않는다. 기왕이면 보이게 좀 큰 걸로 하지"라고 주문했더니, 친구는 "이것도 엄청난 결단이 필요했어. 귀걸이를 키우는 건 시간이 필요해" 한다.

그 후로도 여전히 팥알만 한 귀걸이를 하고 있지만, 황금색이었다가 검은색이었다가 은빛으로 바꿔 끼우는 친구의 귀걸이를 보면서, 나도 자극을 받는다. 뭐 대단한 일이라고 벼르기만 한단 말인가.

　내키는 것이 있다면 해볼 일이다. 나 혼자 재미와 신선함을 느끼면 충분하다. 시도만으로도 의미가 있다. 다른 사람이 어찌 생각할까 의식된다고? 어차피 남들은 나에게 관심 없다. 요즘 애들 하는 말로 '관심 1도 없으니까' 나도 곧 귀를 뚫어 작고 반짝이는 귀걸이를 달아볼까나.

내키는 것이 있다면 해볼 일이다
나 혼자 재미와 신선함을 느끼면 충분하다

우리의 계절은
사계절에 없는 환절기

친구들끼리 모였을 때, 광고 이야기가 나왔다.

한 친구가 말했다.

"나는 나이 들어가는 게 쓸쓸해서 '지금은 내 삶의 절정!'이라고 한 오래전 화장품 광고를 자꾸 생각해. 왜 그런 말 있잖아. 내 인생에서 가장 젊은 날이 바로 오늘이라고. 그러니까 지금은 내 삶의 절정 맞잖아."

다른 친구가 받았다.

"그렇게 자꾸 절정이니 젊다느니 하는 말을 하는 것 자체가 나이 들었다는 증거야. 젊은 애들 봐라. 아예 그런 생각을 안 하잖아. 우리가 스무 살 언저리에 젊음에 대해 생각해본 적 있어? 사람은 없는 거에 대해서 떠들기 마련이라고."

정말 그런 것 같아 킥킥 웃을 수밖에 없었다.

이어서 한 친구가 "우리 인생은 지금 어느 계절 같아?"라고 물었다. 모두 생각에 잠겨 잠시 말이 끊겼다.

중년은 어떤 계절일까? 중년이라는 개념을 처음 제시한 정신의학자 칼 구스타프 융은 중년을 35세 이후로 보았고, 정신분석학자 에릭 에릭슨은 중년을 40~60세로 보았다.

융이 1875년생인 것을 감안하고 그때와 지금의 수명 차이를 비교하면, 그가 제시한 중년 나이 35세는 지금의 50쯤으로 보는 게 적당하지 싶다. 이 두 학자의 기준으로 보면 나는 중년 소속이 분명한데, 이 시기를 계절로 말해보라고?

"우리 인생은 지금 어느 계절 같아?"

친구의 질문으로 다시 돌아가 '인생의 계절에서 나는 가을에 와 있나. 어느새 …' 하고 생각하는 참에, 우리 중에 가장 활달한 친구가 말했다.

"난 환절기야, 환절기!"

정말 그렇다고, 우리는 한꺼번에 고개를 끄덕였다.

"우리 인생은 지금 어느 계절 같아?"
"난 환절기야, 환절기!"

환절기, 철이 바뀌는 시기.

세상은 50대를 다양하게 정의하고 특정 계절에 데려다놓고 보지만, 나 스스로는 어느 계절이라고 말하기 어려운 지점에 와 있다.

그 환절기가 봄에서 여름으로 넘어가는 시기인지, 여름에서 가을인지, 아예 겨울에서 봄으로 가는 때인지는 모르나, 중년이 그 사이에 서 있는 것만은 분명하다.

인생의 환절기에 서 있기 때문에 금방 우울해지는 마음의 감기에도 잘 걸리고, 고민이 몸으로 표현되는 몸살도 자주 앓고, 남과 나를 비교하면서 오슬오슬 추위에 수시로 떠는 게 아닐지.

융은 "중년은 인생의 정오"라는 말도 남겼다.

정오라면 하루의 절반이니, 반이 남은 셈이라고 반가이 여길 수도 있겠지만, 융이 말한 정오는 시간적인 개념이 아니라 '전환점'의 의미라고 했다. 자신의 내면에 치중하게 되는 전환점이 되는 시기가 중년이고, 그런 의미에서 오후로 가는 전환점인 정오를 말한 것이라나.

그는 중년이 되면 마음에 '지진'이 일어나는데 이것은 '진정한 자기 자신이 되라는 내면의 신호'라고도 했다.

중년이 되면 마음에 '지진'이 일어나는데
이것은 '진정한 자기 자신이 되라는 내면의 신호'라고도 했다

환절기는 다음 계절을 위한 성숙의 과정이니, 이제 의젓하게(!) 바깥으로 보이는 나보다 '내면의 나, 나다운 나'에 신경을 쓰며, 있는 척·없는 척·아는 척·모르는 척·괜찮은 척 등 세상의 모든 척으로부터 자유로워지고 싶다. 그렇게 하면 환절기의 여러 증상도 너무 무겁지 않게 앓을 수 있겠지.

내 허벅지는
경쟁력이 있다

텔레비전에 걸그룹이 나오면 다리를 유심히 보게 된다. 다리가 내 여고생 시절과는 확실히 다르다. 요즘 아이들은 종아리와 허벅지 두께가 거의 비슷하다. 허벅지가 굵은 나로서는 정말 부러운 모습이다.

우리 집 아이들에게 튼튼한 허벅지를 물려줄 수밖에 없었던 나는 스키니 청바지가 유행할 때 날마다 미안했다.

그런데 50이 넘자 튼튼하고 굵은 허벅지에 자부심(?)이 생겼다.

축구를 비롯한 스포츠 경기 중에서 힘이 필요한 종목과 속도가 중요한 종목의 선수들은 허벅지가 굵다. 순간적인 힘과 폭발력을 가지려면 뼈 밀도가 높으면서도 체지방은 적고 허벅지 근육이 발달해야 한단다. 그래서 그들의 허벅지가 두꺼운 거란다.

스포츠를 떠나 건강을 생각해도 허벅지는 중요하다.

몇 년 전, 덴마크 코펜하겐 대학에서 연구한 내용을 들으니 허벅지가 굵은 사람이 그렇지 않은 사람보다 심장병이나 뇌졸중 같은 성인병에 강하다고 한다. 허벅지 근육에는 혈당과 중성지방을 조절하는 특수한 기능이 숨어 있어서 그렇단다. 허벅지 근육이 탄탄하면 관절염 통증을 줄이는 데도 도움이 된다. 이건 또 왜 그러냐 하면 허벅지에서 근육을 잘 발달시키면 이 근육이 무릎 관절까지 내려와 감싸준단다. 그래서 관절이 받는 충격을 흡수하는 데 도움을 주는 것이다.

그래서 나는 지금 책상 아래에서 다소곳이 튼튼한 모양새로 있는 내 허벅지에게 고마워하는 중이다.

멋진 옷맵시와는 거리가 멀지만 성인병과 관절염 분야에서는 경쟁력이 좀 있다니, 내 허벅지도 이대로 괜찮네.

결혼의 돌연사를
막고 싶다

세상을 생물과 무생물로 나눠볼까. 생물 시간을 기준으로 하는 말은 아니다.

라디오는 생물일까? 무생물일까?

라디오 방송작가로 일하는 내 입장에서 라디오는 생물이다.

라디오 기기 자체는 물론 무생물이지만 라디오 프로그램은 생물이다. 왜냐, 라디오의 발전 역사를 보면 알 수 있듯이 몇 개 안 되던 채널에서 다양한 채널로, 짧은 방송 시간에서 종일 방송으로, 일방적인 방송에서 청취자와 교통하는 쌍방향 방송으로, '듣는 방송'뿐 아니라 '보이는 방송'으로, 문자를 보낼 수 있는 방송으로, 또 앞으로 그 이상의 무엇 등등으로 라디오는 계속 성장하고 진화할 예정이기 때문에 생물이라고 할 수 있다.

그렇다면 언어는 어떨까? 우리말은?

우리말 역시 생물이다. 계속 생기거나 사라지고 외국어로 옮겨지거나 외래어가 쓰이는 등 교류도 하기 때문이다.

멀리 갈 것도 없다. 2017년 12월, 국립국어원에서 우리말의 움직임에 대해 몇 가지 정리를 했다.

'기다랗게 되다'를 뜻하는 말 중에 '기다래지다'를 표준어로 했다. 전에는 '길어지다'를 쓰곤 했는데 기다래지다를 쓰는 사람이 많아지자 이 또한 표준으로 받아들인 것이다. 어려서 받아쓰기를 잘하던 사람은 억울할 일이다.

'이보십시오'도 표준어가 되었다. 동시에 '이보세요, 이보쇼, 이보시게, 이봅시오, 이봐요'도 표준어에 들어갔다.

'올라오다'라는 말에는 여러 가지 뜻이 있는데, 여기에 '컴퓨터 통신망이나 인터넷 게시판 따위에 글이 게시되다'라는 뜻이 추가됐다. 이미 "인터넷 카페 게시판에 글을 올려주세요" 같은 말이 일상화되었기 때문이다.

성평등 이슈로 여러 번 지적된 '미망인'도 '아직 따라 죽지 못한 사람'에서 '남편을 여읜 여자'로 풀이가 바뀌었고, 아나운

서들이 강조해서 발음하던 '효과'는 '효꽈'로 발음해도 되게 되었다.

이렇게 우리말은 꿈틀꿈틀 살아 있는 존재다.

그렇다면 결혼 생활은 어떨까?

결혼 생활 역시 생물이라서 살아 꿈틀거릴까?

지지고 볶으며 살아온 사람들은 '아녀, 결혼 생활은 요리여~!' 하고 웃을 수도 있겠다. 하여간 결혼 생활 역시 살아 있는 유기체임이 분명하다.

어느 시기에는 곧 죽을 듯이 시들시들하다가, 또 어느 시기에는 온 세상을 휘저을 듯이 활기차다. 아이들을 키우고 집을 장만한다고 기를 쓸 때는 땀도 뻘뻘 흘린다. 눈물이 쏟아질 때는 좀 많은가.

나의 결혼 생활은 지금 어떤 상태일까.

병들어 누워 있는가? 어딘가에 상처가 생겨 절룩거리는 상태인가? 빛이 좀 바래긴 했지만 아직 윤기가 흐르는가?

결혼 생활도 생물이니 관절염이 생길 수 있고 숨을 헐떡일 수 있다.

결혼 생활 역시 살아 있는 유기체임이 분명하다

세상의 살아 있는 모든 것에는
돌봄이 필요하다

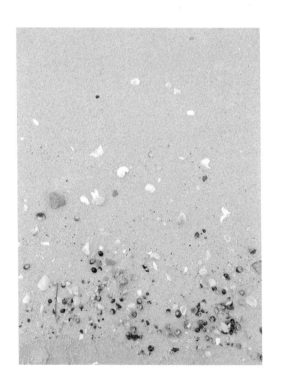

결혼 생활이 지금 어떤 상태인지, 활기차게 꿈틀거리는지, 살았는지 죽었는지, 잘 모르겠는지, 어디가 아픈지, 어디에 종기가 났는지 진지하게 살펴보면 어떨까.

그러고 나면 물수건이든 소독약이든 필요한 것을 찾아낼 수 있지 않을까.

세상의 살아 있는 모든 것에는 돌봄이 필요하다. 결혼 생활 역시 꾸준한 돌봄만이 '돌연사(!)'를 막아주리라.

나는 왜
눈치를 보는가

지난겨울은 너무 추워서 핫팩을 양어깨 사이에 붙이고 다녔다.
뜨듯해서 좋기도 했지만 한편으로는 개운치 않은 기분이었다.
핫팩 안에 든 철가루가 순환을 방해하는 것은 아닐까 싶었지만
어쩔 수 없었다. 나는 손이나 발보다 등이 시렸기 때문에.

내복의 등짝 부분에 핫팩을 붙이며 '왜 이렇게 주부는 눈치
볼 일이 많은가'라는 생각을 했다.

우선 세탁기 눈치를 봐야 한다.

내가 사는 집은 지은 지 20년이 넘은 오래된 아파트인데 그
래서인지 겨울에 상당히 춥다. 단열이 잘된 새 아파트에 살아

보지 않아서 비교할 길은 없지만, 낡은 아파트라 춥다고 혼자 단정하고 비닐 에어캡 '뽁뽁이' 두루마리를 세 개나 샀다.

앞 베란다 창에는 물론 세탁기를 둔 뒤쪽 베란다 창에도 뽁뽁이를 두 겹으로 붙였다. 그러고 나자 문을 열고 나갔을 때 느껴지는 한기가 한결 덜했다.

그렇게 대비한다고 했건만 그예 세탁기가 세탁을 거부하고 말았다.

나는 세탁기의 눈치를 살펴가며 중간중간 손빨래를 했고, 옷을 자주 갈아입지 않고는 못 배기는 요즘 아이들인 우리 집 애들은 결국 빨래방에 다녀오기까지 했다.

친구 중에는 수도 눈치를 보는 이도 있었다.

농가 주택을 사서 이사했는데 겨울이 되자 수도계량기가 얼어 터지는 것을 막으려고 보온이 될 만한 천과 담요 조각까지 넣어두었지만 소용없었단다.

도시 한복판보다 기온이 몇 도나 더 낮은 곳이라, 수도 계량기가 얼면 따뜻한 물을 끓여다가 살살 부어주고, 헤어드라이기로 후끈한 바람을 보내서 비위를 맞춰주었단다. 헤어드라이기 바람을 너무 오래 쐬게 하는 것도 위험하다고 해서, 귀한 아기한테 해주듯이 뜨거운 물수건으로 비닐 씌운 수도관 주위를 데워드리는 시집살이까지 했다고 하소연이었다.

수돗물을 늘 졸졸 틀어두는 배려를 함에도 불구하고, 수도 계량기가 언제 친구네를 외면할지 모르는 만큼 관할 수도사업소 전화번호와 동파를 해결해주는 수리 업소 전화번호를 챙겨두고, 친구는 수도계량기 눈치를 겨우내 보았단다.

뿐인가. 주부는 아이들 눈치도 본다.

지난겨울에는 종아리 중간까지 내려오는 긴 패딩 점퍼가 유행이었다. 그런데 그 가격이 천차만별이라 사춘기 자녀가 있는 아는 집은 유명 브랜드 제품을 사달라는 아이들 성화에 시달렸다.

비싼 패딩을 사달라고 조르는 아이에게 이런저런 핑계로 입막음 수준에서 외투를 사주었는데, 찬바람이 술술 들어온다고 하지는 않을까, 친구들과 상표를 비교하지는 않을까, 계속 눈치를 보았다는 것이다.

게다가 수시로 오르는 국민연금과 건강보험료, 명절 외에도 줄줄이 이어지는 생일과 기념일, 양가 대소사, 애들 등록금, 학원비 등 돈 눈치도 봐야 한다. 들어오는 돈은 줄어드는데 돈 달라고 손 벌리는 데는 늘어만 가니… 하….

안타까운 것은 이런 눈치 보기는 앞으로 더 늘어날 것이라는 점이다. 결국 내 마음을 재정비하는 수밖에 없다.

이제 와 아무 눈치 안 볼 수 있는 안락한 형편은 기대하기 어려우니, 나는 스스로를 '걱정, 잔소리, 눈치 보기 선수'라고, 그것도 영원한 현역 선수라고 정리해버렸다. 선수니까 이 바닥에서 뒹구는 건 당연하다. 그렇게 마음을 정리하니, 갈등과 번민의 매트 위를 수시로 뒹구는 게 이냥저냥 견딜 만하다.

아,
버리기 정말 힘들다

나는 좀처럼 물건을 버리지 못하는 사람이다.

이사를 할 때마다 열심히 버린다고 버렸지만, 어려서 내가 그린 그림과 초등학교 시절부터의 성적표, 일기, 다 쓴 공책, 이름표, 반장이나 회장 배지, 학교 교표, 상장이나 상패, 특별히 애정하던 동화책 등이 지금까지도 남아 있다.

오래된 것들을 좋아하기 때문에 남겨두었고 당연히 남들도 그럴 거라고 생각해왔다. 그러나 그건 착각이었다.

온라인으로 활동하는 초등학교 친구 모임에 가입한 후 나는 '드디어 내 골동품을 자랑할 기회닷!' 하고 신이 나서 사진을 찍어 올리기 시작했다.

우선 누렇게 변해버린 초등 1학년 때의 소풍 사진 몇 장, 초등 1학년 1학기 성적표, 플라스틱 이름표를 올렸다.

친구들이 신기해하니 재미있고 즐거웠다.

그런데 이런 소품에 대한 기억이 아예 없는 친구도 많았다. "맞아, 저런 게 있었지" 하는 친구보다 "어? 저게 우리 학교 이름표였어?" 하는 아이가 더 많았다.

내 물건이 모두에게 추억을 불러일으키는 것은 아니었던 것이다. 심지어 그 모임에서 가장 열심히 활동하는 친구는 자기가 몇 반이었는지도 통 모르고, 학교 건물이며 운동장이 어떠했는지, 친구는 누구였는지도 생각 안 난다는, 초등 시절의 추억이 거의 없는 친구다.

그랬다. 묵은 물건은 나에게만 의미가 있었던 것이다.

언제부턴가 '심플 라이프'라는 말이 들리더니 묵은 살림 버리기가 유행이다. 소유한 물건이 많아지면서 공간이 좁아지고, 나처럼 추억을 소환하기 위해 모아둔 물건이 그다지 쓸모가 없다는 결론을 내리게 되면 '버리기 유행'에 동참하게 된다. 또 비어 있는 공간 자체에서 휴식을 얻는 멋도 느끼고 싶어진다.

사실 쌓아둔 물건이 다시 생명을 찾는 일은 드물다. 다들 하루하루가 너무 바쁘기에 묵은 물건 꺼내놓고 추억에 잠기는 일은 노년에나 가능할 것이다. 그렇다고 노년을 위해 추억 어린 물건들을 고스란히 보관하기는 현실적으로 벅차다.

나처럼 버리는 것이 힘든 사람은, 물건을 버리고 정리하는 일이 '내적인 에너지 절약'과 연결된다는 것을 기억하자. 쌓아 둔 물건을 치우면 그걸 관리하느라 신경 쓸 일이 줄어든다. 그래서 여유있어진 시간과 에너지를 진정한 휴식과 진짜 써야 할 곳에 쓰라는 것이, 정돈학(?) 전문가들의 조언이다.

자동차 트렁크를 비우면 속도 시원하지만 기름도 절약된다. 마찬가지다. 버리기를 통해서 전기나 가스 같은 에너지도 절약하고, 내면의 에너지와 열정, 집중력이 엉뚱한 곳에 낭비되는 것도 막자는 것이다.

허리가 줄어들면 다시 입으려던 옷, 언젠가 다시 읽어야지 했던 책, 새봄에 다시 신으려 했던 굽 높은 신발을 정리했다. 물론 그 과정에서 내놓았다가 다시 들여온 몇 가지가 있음을 고백한다. 이로써 내 내면의 에너지 낭비도 조금 줄인 셈인가.

아, 버리기 정말 힘들다.

오래된 것들을 좋아하기 때문에 남겨두었고
당연히 남들도 그럴 거라고 생각해왔다

성인의 부모라는
낯선 위치

우리 부부는 아이들이 어렸을 때부터 "대학을 졸업하면 바로 독립해야 한다!"고 말해왔는데, 나보다는 남편이 "졸업 즉시 독립!"을 더 강하게 외치곤 했다.

그러다 대학생 딸이 교환학생 프로그램으로 미국에 갈 일이 생겼다.

남들도 교환학생으로 많이들 가고 그곳 학교 기숙사에서 생활하는 것이라, 먼 이국땅으로 보내면서도 나는 큰 걱정을 하지 않았다.

이 잠시의 딸의 독립은 해외라는 배경 때문인지 큰 실감이 나지 않았다. 아이가 돌아와 다시 학교에 다니면서 "졸업하면 독립하라"는 소리가 이어졌다.

그런데 아이가 대학을 졸업할 2월이 가까워지자, 그 전해 연말부터는 이상하게도 늘 해오던 "졸업하면 독립하라"는 말을 자제하게 되었다. 정말 독립한다고 하면 어쩌나, 결혼하는 것도 아닌데, 일자리를 잡은 것도 아닌데, 집이 지방도 아닌데, 그런데도 독립하는 것이 맞는가를 은연중에 고민하는 나를 발견하고 그런 내가 나답지 않다고 생각했다.

드디어 딸이 졸업하는 2월이 되었다.

딸이 말했다.

"졸업하자마자 독립하라고 했지? 독립해야지 뭐⋯. 준비는 안 되었지만."

나는 대꾸하지 않았다.

딸은 그래야 한다고 생각하면 직진하는 성격이다. 그것을 알기에 나는 다음 말을 잇지 않은 것이다.

며칠 뒤 아이가 말했다. 방을 보고 왔다고. 월세만 40만 원인 방이란다.

겁이 더럭 났다.

'진짜 독립하면 어쩌지? 다른 도시에 유학 보낸 엄마들처럼 나도 반찬을 해다 날라야 하나? 보증금이 있는 괜찮은 방을 마련해줘야 하나?'

머릿속이 복잡해졌다.

그런데 '졸업하면 즉시 독립!'을 그렇게 강조하던 남편이 딸에게 화를 버럭 냈다.

나가기는 어디를 나가느냐고 결혼할 때까지 그냥 살라고. 대신 생활비를 내놓으라고.

남편과 딸 사이의 긴장이 팽팽해서 나는 눈치만 보았다.

며칠이 지나 딸이 나에게만 살짝 말했다. 방 보러 간 집에 다시 전화했더니 여자 혼자 살기에는 위험하다고 오지 말라고 했단다. 그래서 독립하지 않기로 했단다.

나는 가슴을 쓸어내렸다. 딸이 계속 고집을 부렸으면 어쩔 뻔 했누.

괜찮은 방을 구할 보증금을 줄 여력도 없고, 나가 있으면 계속 신경 쓰일 거고, 또 또 기타 등등….

요즘은 결혼하지 않아도 집에서 독립하는 자녀들이 많으니 우리 아이들도 머지않아 그럴 것이다.

당분간은 조용하겠지만 나이 든 부모와 자녀가 같이 살기는 쉽지 않으니, 계속 갈등할 것이다.

나 역시 내보내고 싶기도 하고 아니기도 한 마음 사이에서 시소를 타면서, 이래도 마음이 차지 않고 저래도 마음이 차지 않는 상태를 이어가겠지.

아이가 자라 성인이 된다는 것은 전과는 전혀 다른 새로운 종류의 물음표를 만나는 일이다.

나는 지금 '성인 자녀를 둔 부모'라는 매우 낯선 길 위에 서 있다.

다시 한 번
아이를 키운다면

지난날을 돌이켜 아이들 키울 때를 생각해보면 후회되는 것투성이다.

공부를 좀 더 시킬걸 그랬나 싶기도 하고, 특기를 찾아 키워줄걸 하는 생각도 든다.

나의 경우는 시어른을 모시고 사느라 아이들이 어릴 때 어딘가 데리고 다니는 데 인색할 수밖에 없었다. 주말에도 세 끼를 지어야 했으므로 두 시간 이상 나가 있을 수가 없어서, 직접 보고 듣는 것이 가장 좋은 공부일 텐데, 그 흔한 견학을 제대로 못 시켜주었다.

내가 다시 아이를 키우게 된다면, 시부모님보다는 아이들

위주로 살며, 자연으로 박물관으로 공연장으로 많이 데리고 다니리라.

친구 하나는 내가 보기에 아이를 참 잘 키웠다. 아이가 공부도 착실하게 하고 취업도 잘해서 보기 좋았다. 그런데도 친구는 자신이 아이를 좀 더 잘 키울걸 그랬다고 후회한다.

성격이 너무 소심하다는 것이다. 내가 보기에는 순하고 착하고 말썽이라고는 피우지 않은 아이인데, 그 집 엄마가 보기에는 월급쟁이는 해도 그 이상은 못할 것 같다나?

그러면서 다시 아이를 키우게 되면, 참견하지 않고 실수하면 실수하는 대로 틀리면 틀리는 대로 자신의 길을 스스로 헤쳐나갈 기회를 주겠다고 했다.

이웃에 대학교를 중퇴하고 실용음악 학원에 다니는 자녀를 둔 이가 있다. 사실 그 집 아이는 어려서부터 실용음악 학원에 보내달라고 했고 피아노며 기타, 드럼을 조금씩 배우기도 했다. 자기는 음악을 평생 할 거라고 했지만, 음악이 뉘 집 애 이름인가? 돈도 많이 들고 경쟁도 보통 치열한 것이 아닌 만큼, 그 집 부모님은 "음악은 취미로만 하고 취업 잘되는 쪽으로 진로를 정해라" 하고 주문했단다. 고등학생이 되었을 때는 "부모 돈으로 공부하는 거니까 시키는 대로 해!"로까지 갈등이 커졌는데, 이제 와 후회가 된다는 것이다. 어차피 취업도 잘되지 않는 세상, 아이가 저렇게 중도에 학교를 그만둘 줄 알았으면 자기가 원하는 길을 가게 할 것을⋯. 그래서 다시 시간을 돌이킬 수 있다면, 아이가 바란 대로 국영수 학원은 다 끊고 음악 학원에만 보내겠다고 했다.

다시 한 번 기회가 오면 나는 아이를 잘 키울 수 있을까?

그건 모를 일이지만, 다행한 것은 어쩌면 한 번의 기회가 더 있을 수도 있다는 사실이다. 좋은 부모는 못 되었을지 몰라도 좋은 조부모가 될 기회 말이다.

훗날 손주가 생기면 우리 아이들에게 자주 못해주었던 사랑한다는 말을 원 없이 해주고 싶다. 주변에서 말하길, 손주에게는 그런 낯간지러운 말도 하기 쉽다고 하니 그것도 다행이다.

손주에게는 뭐든 시도해보라고 너그러워지고 조금 잘해도 '잘한다 잘한다' 격하게 격려하리라.

어지르지 마라, 일찍 일어나라, 버릇없으면 안 된다, 잔소리도 많았던 나. 그러나 손주는 여유가 되는 한 맘껏 게으름을 피우게 놔둘 것이다. 어차피 입시가 시작되고 회사에라도 취직하게 되면 게으름을 누릴 일도 없다.

정말 다행이다. 자녀들에게 못해준 일을 해볼 기회가 남았다는 것이.

물론 우리 집 아이들이 자녀를 낳는다는 전제하에 가능한 일이긴 하지만, 너그럽고 품이 넓은 할머니가 될 수 있는 이번 기회는 기필코 놓치지 않겠다.

사랑보다
연민으로 산다

요즘 젊은이들이 몸에 장착하고 다니는 이어폰. 이어폰을 꽂고 있는 이 옆에 서면, 무슨 음악인지는 몰라도 조금씩 흘러나오는 음악의 맥박이 옆 사람에게도 전해온다.

생각해보면 나에게도 음악 없이는 살 수 없을 것 같은 날이 있었다.

그러다 문득 생각해본다. 세상에서 가장 대단한 음악가는 누구일까? 가장 대단한 가수는 누구일까?

대단했다는 음악가는 많고도 많다. 거슬러 올라가면 그리스

신화에 등장하는 오르페우스도 그중 하나다. 그는 노래도 잘 하고 시도 잘 읊고 리라라는 악기도 잘 연주했는데, 어찌나 잘 하는지 산과 들과 나무와 동물들이 감탄할 정도였다고 한다.

오르페우스의 아내가 뱀에 물려서 세상을 떠났을 때는 지하 세계로 가서, 저승의 신을 음악으로 감동시켜 죽은 아내를 다 시 데리고 올 수 있을 정도였다. '뒤를 돌아보면 안 된다'는 약 속을 지키지 못해서 아내를 이승으로 완전히 데려오지는 못했 지만, 무서운 저승의 신까지 감동시킨 가수이자 연주자였던 것이다.

우리의 옛이야기에도 대단한 음악가들이 많이 등장한다. 신 라 시대의 백결선생白結先生이 생각난다. 그는 어찌나 가난한지 해진 옷을 100번이나 꿰매 입어서 '백결'이라 불렸는데, '금'이 라는 가야금과 거문고를 닮은 현악기를 잘 탔다고 한다.

어느 해 명절, 앞집 뒷집에서 떡방아 소리가 들려오자 그의 아내가 한숨을 지었단다. 그러자 백결선생은 금을 뜯어 떡방 아 소리를 내 아내를 위로했다고 한다.

아내는 남편의 연주를 들으며 어떤 마음이었을까?

'아니 진짜 떡방아도 아니고, 떡도 안 나오는데 소리만 내면 뭣해?' 하고 눈을 흘겼을까? 아니면 '떡을 만들 수 있게 나가서 일을 하라고, 일을!' 하고 등을 떠밀었을까?

나는 이렇게 생각한다. 그의 아내가 만약 50대였다면, 눈물
이 찔끔 난 얼굴에 미소를 띠었을 거라고….

50대는 연민이 생기는 나이.
사랑보다 연민의 힘으로 사는 나이.
그래서 세상과 불화하는 배우자를 안쓰럽게 보는 시기다.

물질로는 못해주지만 속마음으로는 아내를 위해주는 배우
자를 가졌다면 그것만으로도 당신은 성공한 50대다.
물질로는 못해주지만 내 마음이 진심으로 배우자를 아낀다
면 그 또한 성공한 50대다.
사랑하고 사랑받는 것 이상의 성공이 어디 있겠는가.

연민의 우물은 뜨거운 사랑보다 깊다. 깊어서 몇 번이고 퍼
내도 마르지 않는 연민의 우물을 가진 당신은 복이 많은 사람
이다.

50대는 연민이 생기는 나이
연민의 우물은 뜨거운 사랑보다 깊다

죽어서 어떤 사람으로
기억될 것인가

〈여성시대〉로 도착하는 편지 중에는 '부모님'에 대한 이야기가 가장 많다. 그 편지에는 부모님들이 평소에 하시는 말씀이 몇 가지 공통적으로 보인다.

"괜찮다. 우리는 괜찮아."

"안 아픈 데가 없이 전신이 다 쑤신다."

"이렇게 지내다가 니들 고생 안 시키고 자는 듯이 죽어야 할 텐데."

누구나 바랄 것이다. 떠날 때, 곱게 떠나는 모습. 자식들 고생 안 시키고 주변 사람들이 슬퍼할 만큼만 앓다가 가는 모습.

회복될 것도 아닌데 이런저런 연명 장치를 달아서, 알 수 없는 세계에서 오래 머물지 않기를 바라는 마음.

2018년 2월 4일부터 존엄하게 생을 마감할 수 있게 하는 '웰다잉 법'인 연명의료결정법(호스피스·완화의료 및 임종과정에 있는 환자의 연명의료 중단 등 결정에 관한 법률)이 시행되었다. 〈여성시대〉에서는 여러 해 전부터 이 문제를 짚어왔기 때문에 공부할 기회가 많았는데, 연명 치료를 할 것인가 말 것인가를 놓고는 '사전 연명의료 의향서'와 '연명의료 계획서' 같은 것이 필요하다. 사전 연명의료 의향서는 아프지 않을 때 미리 작성해서 정부기관에 등록해두면, 죽음이 임박했을 때 무의미한 연명 치료를 하지 않게 해주니 기억해두면 좋다.

의식도 없는 내가 인공호흡기를 끼고 오래오래 누워 있다고 생각하면 얼마나 무서운가. 가슴뼈가 부서지도록 심폐소생술을 연거푸 받는 사람이 나라면? 으, 끔찍하다. 필요 이상의 혈액투석을 하고 지나치게 항암제를 투여받느라 맥없이 누워만 있을 뿐 아무것도 못한다면?

아무리 개똥밭에 굴러도 이승이 좋다고 하지만, 살아도 산 것이 아닌 채 살면 그때는 결단이 필요하다. 삶의 질이 너무

누구나 바랄 것이다
떠날 때, 곱게 떠나는 모습
이런저런 연명 장치를 달아서
알 수 없는 세계에서
오래 머물지 않기를 바라는 마음

떨어진 채 숨만 붙어 있으면, 나는 물론이고 자녀들도 고통만 더 받을 테니까.

언젠가 모임에서 죽음에 대한 이야기가 나왔을 때, 50대 선후배들이 하나같이 입을 모았다.

건강하게 사는 법을 공부하듯이, 취업을 위해 여러 가지 스펙을 쌓듯이, 경제적인 여유를 위해 재테크를 알아보듯이, 웰다잉에 대해서도 나이 상관없이 미리 공부하자고.

그런 의미에서 남은 인생의 목표에, 이런 것을 포함시켜 보았다.

종이에 '인생의 목표'라고 큼직하게 쓰고 첫째, 가족과 가까운 이들에게 아낌 받기. 둘째, 죽은 뒤에도 가족과 친구, 이웃이 가끔 나를 그리워하게 하기.

살아서 아낌을 받으려면 평소에 주변을 괴롭히지 않아야겠고, 죽어서도 그리운 사람이 되려면 돈과 시간으로 주변을 고생시키지 않아야 한다. 그렇게 생각하니, 선택이 더 분명해진다.

숨은 뜻이 없는
말을 할 것

내가 말을 시작한 지 얼마나 되었을까.

엄마 품에 안겨 눈을 맞추며 옹알옹알한 시절부터 따지면, 말을 한 지 50년이 넘는데 공감하며 말하는 것이 왜 점점 더 어려울까.

오랜만에 선배들과 자리를 함께한 날이었다. 마침 연말이라 여러 소식이 이어졌는데, 그중에 대학원에 합격한 자녀 이야기가 있었다. 그 아이는 우리 딸과 같은 학년인데 공대에 다니다 대학원에 가면서 대기업에서 주는 장학금과 생활비 지원을 받게 되었으며, 졸업 후에는 그 기업에서 일하게 된다고 했다.

이 소식에 나를 포함한 모두가 기뻐하며 축하해주었다.

다음 날 아침, 나는 그 감탄스러운 일을 딸에게 전했다. 그런데 딸이 정색을 하고 물었다.

"어머니, 무슨 뜻으로 저에게 그 얘기를 하는 거예요?"

아차 싶었다. 아이도 아는 집의 일이니 기쁜 소식을 전하고자 하는 의미도 있었지만, 내 말 속에는 '너는 아직 좋은 소식 없니?'를 담은 뾰족함이 있었던 것이다. 나의 저의를 들켜버린 것이다.

나는 구차하게 변명해야 했다. 내가 좋아하는 선배 언니네의 좋은 소식이 기뻤고, 부럽기도 하고, 너도 잘해주었으면 좋겠고… 그리고 또….

그날 아침, 우리는 둘 다 마음이 상한 채 집을 나섰다.

몇 시간 후 딸로부터 전화가 왔다. 마음 상하게 해서 미안하다고, 그러나 오늘 아침의 대화는 어느 누구도 기분 좋을 수 없는 종류의 대화라고 지적했다.

숨은 뜻을 해석해야 하는 말을 하는 것은 좋은 대화법이 아니며, 뜻을 금방 분명하게 알 수 있는 말이 좋은 말이라나?

그 말이 맞았다. 나는 이 나이 되도록 대화에 능숙하지 않은 점을 자책했다.

부러워서 하는 말, 부탁하고 싶어서 하는 말, 미안해서 하는 말, 억울해서 하는 말 등 하고자 하는 말이 색깔로 훤히 보이면 얼마나 좋을까.

좋은 대화를 위해 몇 가지 원칙을 세워보았다.

- 한 번에 한 가지 뜻만 담아 담백하게 말하기
- 비꼬거나 은근한 비난을 담아서 말하지 않기
- 상대방이 숨은 뜻을 헤아려야 하는 말은 하지 않기
- 화가 났으면 화가 났다, 부러우면 부럽다, 내 감정을 분명하게 말하기
- 너는 이러저러하다가 아니라, 내가 이러저러하다로 바꿔 생각하고 바꿔 말하기

이렇게 하면 제대로 말하고 제대로 전달할 수 있으려나.

말을 한 지 50년이 넘는데
공감하며 말하는 것이 왜 점점 더 어려울까

나는 이렇게 하기로
선택했다

나는 소설이나 드라마, 남의 이야기에 감정이입을 잘하는 편이다.

특히나 젊어서는 한번 감정이 잡히면 헤어나기가 어려웠다. 슬프거나 우울한 기분이 들 때, 얼른 끊어버리고 전환 모드로 스위치를 바꾸는 게 쉽지 않았다. 한 번 우울하면 두어 달은 가라앉아 있을 정도였다.

그러다 결혼을 하니 그 감정이 이어질 겨를 없이 온갖 일이 많이도 생겼다. 애써 감정을 바꾸려 노력하지 않아도 될 정도로 바빠진 것이다.

마음이 가라앉아 있는데 시댁에서 사건이 생기고, 즐거웠는데 또 사건이 생기고, 뭔가 낭만적인 기분에 젖어들었는데 청소와 육아와 설거지가 기다리고 있고, 한 가지 감정에 몰두할 수가 없었다. 이렇게 감정을 관리해주는(!) 현실이 고맙기도 했지만, 대신 집중력이 흐트러져 집중과 몰두가 힘들었다. 창조적인 일의 시작이 되는 영감靈感 님이 오다가도 중도에 돌아가는 일이 많았다.

그런데 나이가 드니 그런 감정의 제어를 외부에서 일어나는 사건 때문이 아니라, 스스로의 힘으로 어느 정도 정리할 수 있게 되었다.

여기에는 상담 공부를 하는 선배가 알려준 방법이 도움이 되었다.

무슨 일이 생겨서 슬프다, 힘들다, 괴롭다, 지친다 같은 감정이 생기면 얼른 말을 바꾸란다. '아, 슬퍼…'가 아니라 '아, 나는 지금 슬프기를 선택했구나' 이렇게.

그러면 '아니, 내가 슬프기로 선택했다고? 아냐, 선택하고 싶지 않아!' 이런 마음이 금방 생긴다는 것이다. 이는 상담 치료법 중의 하나라는데 내게는 효과가 있었다.

'사는 게 참 쓸쓸하구나…' 하는 기분이 들 때는 얼른 말을 바꾼다. '나는 지금 사는 게 쓸쓸하다고 선택하는 중이구나.'

'애들이 저러고 있으니 속이 터지네'에서 '애들 때문에 속이 터지기로 내가 선택했구나'로 바꿔 말한다. 그러면 부정적인 감정을 잠시 끊어낼 수 있게 된다.

이제는 감정에 끌려가 몸도 마음도 무력해지는 상태에 오래 빠지지 않는 편이다. 필요한 때 '전환'하는 일이 썩 잘된다고 할 수는 없지만 전보다 나아졌으니, 남은 날들을 위해 이 기술을 더 연마하련다.

'사는 게 참 쓸쓸하구나…'
하는 기분이 들 때는 얼른 말을 바꾼다
'나는 지금 사는 게 쓸쓸하다고
선택하는 중이구나'

다른 집 아이는
어쩌면 그렇게

사실 나는 다른 집 아이들이 부러웠다.

아이들이 어릴 때 보채면, 순하고 잘 먹고 밤에 잘 자는 친구네 아이가 부러웠다. 조금 더 자라서는 어린이집이나 유치원에서 자기 장난감을 빼앗기지 않는 아이가 부러웠다. 제때(이 말이 우습기는 하다. 언제가 때인가는 아이마다 다를 텐데) 한글을 떼고 구구단을 외우는 아이도 부러웠다.

공부 잘하는 아이, 운동 잘하는 아이, 종알종알 학교에서 있었던 일을 부모에게 잘 이야기하는 아이, 친구가 많은 아이, 활달한 아이, 리더십 있는 아이…. 부러운 아이가 얼마나 많던지.

공부하라는 말 한번 안 했다는데 대학에 쉽게 들어가는 아이도 부럽고, 과학과 수학에 뛰어나다는 아이도 부러웠다. 왠지 더 총명한 것 같고 취직도 잘될 것 같고, 오래도록 밥벌이를 할 것 같은 느낌에 인문계가 아니라 공학계열 대학에 간 아이도 부러웠다.

아이가 더 자라자 이성 친구를 때맞춰 사귀는 아이가 부러웠다.

이어 대학을 졸업하고 금방 취직했다는 선배네 아이가 부럽고, 듬직해 보이는 배우자를 만나 결혼식을 올리는 선배네 아이도 부러웠다. 시간이 더 지나면 결혼해서 아이 낳고 잘 사는 아이들이 부러울 것이다.

그러나 이제와 보니 남의 집 아이들이 특별했다기보다는 인생의 과정을 무난히 밟아가는 중이었다는 생각이 든다.

공부하는 시기에 공부하고, 땀 흘리며 운동할 줄 알고, 친구잘 사귀고, 청춘에는 이성 친구도 사귀고, 결혼 적령기(이 말도 이제는 사라지겠지만)에 결혼하고, 아이도 낳고….

돌아보니 우리 시대에 일반적이었던 '통과의례'가 더 이상

이제와 보니 남의 집 아이들이 특별했다기보다는
인생의 과정을 무난히 밟아가는 중이었다는 생각이 든다

은 일반적이 아닌 시절이 왔음에도 나는 구시대의 흐름에서 벗어나지 못했던 것 같다. 다른 면에서는 개방적인 태도로 예외도 잘 인정하면서, 자식 문제에서는 평범하고 일반적이기를 바라다니, 이 얼마나 모순인지.

내가 그렇게 엄친아 타령을 하는 걸(자제한다고 했지만) 20년을 들으며, 우리 집 아이들은 얼마나 코웃음을 쳤을까. "그럼 그 집 가서 엄마 해" 하는 소리까지 들었다. 물정 모르는 엄마가 얼마나 어처구니없었을까. 갑자기 아이들이 안됐고 미안하다.

이제 자식에 대해서는 마음을 '수박'이나 '박'처럼 가져야겠다. 자꾸자꾸 파내서 속을 넓힐 것. 편견과 아집의 껍질을 얇게, 더욱 더 얇게 만들어갈 것.

3장

———— 남은 시간은 선물 상자 같은 것

나는
위기의 인간이다

방송 프로그램 앞으로 온 편지를 읽다 보면 '이분도 중년의 위기를 느끼는구나' 싶은 사연이 있다. 일터에서 고비를 느끼고, 건강에서 불안을 느끼고, 배우자와 아이들 앞에서 위축되는 듯하고, 연로한 부모님 걱정, 그리고 손에 뭐 하나 번듯하게 남은 게 없는 것 같고….

그리고 편지 행간에서 읽히는 것이 더 있다. 무엇이 부족하고 줄어드는 것도 위기지만 '그로 인해서 마음이 흔들리는 것'이 더한 위기라는 느낌.

유독 여성 관객의 사랑을 많이 받았던 연극 중에 〈위기의 여자〉라는 작품이 있다. 계약 결혼을 한 것으로도 유명한 프랑스 작가 시몬 드 보부아르가 지은 소설이 원작이다. 주인공은 평범한 주부였다가 남편의 애인이 나타나자 '그동안 나는 뭐였나?' 하는 의문을 갖는다. 그리고 깨닫는다.

'결국 모든 것은 나 자신에게 달렸구나!'

갑자기 나타난 남편의 애인이 중요한 게 아니고(물론 엄청난 문제이긴 하지만), 아내를 오래된 가구처럼 생각하는 남편도 중요한 게 아니고, 인생을 다 걸고 키운 자녀도 중요한 게 아니라는 걸 깨닫는다. 자신의 삶을 좌우하는 가장 중요한 것은, 바로 자기 자신이라는 그 깨달음에 20세기 여성들은 환호했다.

미국 드라마 중에 인기를 끈 〈위기의 주부들〉 역시 그 맥락에서 나온 제목이리라.

지금은 일이든 가정생활이든 남녀 구분 없이 위기를 느끼는 사람들이 많다. 중년만 그렇다고 하기도 어려워졌다.

오래 다닐 수 있는 양질의 일자리가 점차 사라지고 있다 보니, 고용 불안에 시달리는 직장인은 수시로 위기를 맞는다. 고소득 부부가 아닌 이상 혼자 돈을 벌어야 하는 상황이 위기인 가정도 많다.

전에는 '위기의 여자'가 있었다면 지금은 '위기의 나'가 나이

상관없이 존재한다.

위기의 여자가 그랬듯 위기의 나에게도 가장 중요한 건 '나 자신'이 아닐지.

'대체 위기 아닌 때는 언제 온단 말인가?' 하는 의문이 일 때, 나에게 말해주리라. 위기가 사라지는 날은 오지 않는다고. 늘 위기인 시대에 내가 살게 되었다고.

나는 위기의 인간이라고.

무엇이 부족하고 줄어드는 것도 위기지만
'그로 인해서 마음이 흔들리는 것'이 더한 위기라는 느낌

억지로
봄인 척하지 마

노벨문학상 수상자 알베르 까뮈. 갸름하고 지적인 얼굴이 멋있는데다가 《이방인》과 《작가수첩》을 읽으면 마음이 시려와 나를 사로잡았던 작가.

잘 알려진 까뮈의 사진은 올백으로 넘긴 머리에 두꺼운 코트를 입고 담배를 물고, 어딘가 저 앞을, 그냥 앞이 아니라 어떤 심연을 응시하고 있는 것 같은 흑백사진이다. 이 사진은 유명한 사진작가인 앙리 까르티에 브레송이 1944년에 찍은 것이라고 한다.

그는 그 사진을 찍은 해에 〈오해〉라는 희곡을 발표했는데 그 안에 이런 대사가 나온다.

"가을은 잎마다 꽃이 되는 두번째 봄이다."

듣고 보니 정말 그렇다.

가을은 잎을 물들여 꽃으로 만드니까.

그 비유와 묘사에 감탄하다가 문득 궁금해진다. 봄에 비유된, 그것도 두번째 봄에 비유된 가을은 정작 그 말에 대해 어떻게 생각할까?

모르긴 해도 가을이 봄을 신앙처럼 섬기지 않는 이상 별로 반길 것 같지 않다. 가을 왈 "나는 나인데 나더러 봄 같다고? 그럼 내가 봄보다 못하다는 거야?" 할 것 같다.

비슷한 비유들이 있다.

마흔을 두고 '두번째 스물'이라고도 한다. 나이 마흔에도 스무 살 때처럼 풋풋한 사랑이 생긴다는 뜻이련만, 정작 마흔인 친한 후배는 그 말을 영 못마땅해 한다. 스물이 지상 최고의 나이냐고 따지고 싶어진단다. 마흔을 굳이 스물에 가까이 대고 싶어서 억지를 쓴 것 같단다. 그렇다면 예순은 세번째 스물이냐고 하면서.

같은 선상에서 '두번째 청춘'이라는 말도 쓴다. 청춘은 지났지만, 다시 청춘처럼 활기차게 살 수 있다는 의지의 표현일

50세면 50세인 대로
가을이면 가을인 대로 지내고 싶다

것이다.

50세는 어떨까. 활기차게 아름답게 살기 위해 두번째 스물다섯으로 치면 될까?

아니면 쉰은 쉰이지, 어떻게 해도 스물다섯과 연결 짓는 것은 과장일까?

잎이 곱게 물들면 가을 단풍이고, 봄에 피는 꽃은 봄꽃이다.

무리해서 화장을 하고 젊은 디자인의 옷을 입어도 50세는 50세다.

굳이 두번째 스물다섯이 될 필요는 없지 않은가.

"어허, 내면을 말하는 거야, 내면을!" 하고 꾸중하신다 해도 할 수 없다. 50세면 50세인 대로, 가을이면 가을인 대로 지내고 싶다.

물론 까뮈의 그 멋진 묘사에는 여전히 가슴이 두근거리지만 말이다.

그래서
무궁화는 예쁘다

50대가 되자 꽃에 관심이 많아졌다. 단순히 절정의 아름다움을 즐겨서가 아니라, 식물이 얼마나 치열하게 자기 생을 살아내는지, 꽃을 피우기까지 얼마나 노력하는지가 보이기 시작하니 저절로 예뻐 보인다.

길에서 작은 풀꽃을 만나면 감탄하면서 "네 이름이 뭐니?" 물어봐주기도 한다. 이름이 알고 싶으면 인터넷에 검색도 하고, 사진을 찍어 올리기만 하면 꽃이나 나무의 이름을 가르쳐주는 앱(예를 들면 모야모)도 떠올린다.

식물은 알면 알수록 그 힘이 얼마나 센가 놀라게 된다. 익숙

해서 덤덤해 보이는 무궁화도 그렇다. 화려한 꽃이 거의 사라지는 7월에 피는 무궁화는 내리는 빗속에서도 아름답고, 맑은 날도 아름다워서, 이 나이가 되니 새삼 다시 쳐다보게 된다. 무궁화가 열심히 꽃을 피우는 시기는 보통 7~9월이라는데, 일기예보 서비스를 받을 수 없었던 옛날 사람들은 무궁화 꽃이 언제 피나 기억했다가, 그 뒤부터 날짜를 셌다고 한다. 무궁화 꽃이 핀 지 100일이 지나면 첫 서리가 내리기 때문이라나. 농작물이 서리에 맞으면 큰일이니 미리 대비하는 지혜였다.

농작물이 서리를 맞으면 어떤 일이 일이 일어나는지는 가정에서도 쉽게 경험할 수 있다. 파를 미리 썰어서 냉동실에 넣어두고 필요한 때 꺼내 쓰는 집이 많은데, 자칫 이를 상온에서 방치하면 얼었다 녹은 파가 곤죽이 되어 못 쓰게 된다. 품위를 잃어버린 파에게 얼마나 미안하던지…. 서리 맞은 농작물은 바로 그런 상태가 된다. 다시는 일어설 수도, 본래의 색을 찾을 수도 없어진다. 그러니 서리가 내리기 전에 작물을 반드시 거둬야 했고, 그러자면 무궁화가 일러주는 시간표가 요긴했던 것이다.

무궁화는 새벽에 꽃을 피웠다가 오후가 되면 지고, 꽃송이 하나는 하루만 산다. 대신 한 나무에서 100일 넘게, 수천 송이의 꽃이 피었다 지기 때문에 10월까지도 꽃을 볼 수 있다. 열흘 붉은 꽃이 없다고 화무십일홍이라는데, 무궁화는 어떻게 이렇게 길게 꽃을 피울까?

찾아보니 무궁화는 아욱과에 속하는데 3천만 년 전에 같은 집안인 카카오에서 분화했고, 2천2백만 년 전에는 목화에서 갈라져 나왔단다. 무궁화는 목화와 조상이 같은 셈이다. 그러고 보니 목화 꽃과 무궁화 꽃은 많이 닮았다. 그러나 목화와 헤어지면서 무궁화는 체질을 바꾸어, 목화는 한 달 정도만 꽃을 피우는데 반해 무궁화는 넉 달까지도 꽃을 피우게 되었다.

무궁화가 목화 집안에서 분가하던 그 시절, 한반도 기온은 무궁화가 꽃을 피우기에는 추웠단다. 무궁화는 생각했겠지.

'기온이 낮으니 한꺼번에 꽃을 많이 피울 수가 없네⋯ 그렇다면 꽃을 하나씩 하나씩 오래 피우는 전략을 택하자.'

무궁화는 결심대로 개화유전자를 늘렸고 오래도록 꽃을 피우게 된 거라나?

꽃을 보면서 예쁘다 예쁘다 감탄하는 50대는 알고 있다.

꽃을 피우기까지 그 식물이 살아낸 시간과 시련이 우리와 다르지 않다는 것을⋯.

지금의 50대는 무궁화처럼 삶의 전략을 바꾸기에 늦었을까? 아니면 늦은 때는 없는 걸까? 큰 결단을 하기에 50대는 어떤 조건일까?

저마다 다르겠지만 매일 꽃송이를 피워내며 성실을 실천하는 무궁화가 우리와 닮은 것만은 분명하다.

결단이 필요하다면, 그런데 주변이 서늘해서 몸을 움츠리게 한다면, 무궁화의 용기를 떠올려보자. 오래 머물러 익숙하던 자리를 떠나 자신만의 길을 찾은 무궁화의 자세를.

그런 의미에서 무궁화는 예쁘다. 꽃은 예쁘다.

그때와 지금은
다르다

알고 지내는 50대 여성 A는 작은 사업체를 경영하고 있는데 언제 봐도 직원들을 살뜰하게 잘 챙긴다. 거기에 주변 지인들의 아이들에게도 관심이 많다.

이야기를 나눠보니 "요즘 아이들은 참 힘들잖아요. 우리가 청춘이던 시절에 비해 손해가 많아요"로 요약되었다. A는 젊은 친구들이 안쓰럽단다. 무조건 응원해주고 싶단다.

지금 50대가 20대일 때는 경제가 왕성하던 시기라, 일하고자 하는 마음만 있으면 자리가 넘쳐났다.

고등학교를 졸업하고도 잘만 취직해 회사에 다녔고, 대학

졸업자들도 안정된 직장에 들어가기가 그리 어렵지 않았다.

그런데 더 이상 경제가 성장하지 않는 요즘에는 대부분의 젊은이들이 대학을 졸업해도 일자리를 구하기가 어렵다. 〈여성시대〉로 오는 청춘들의 편지에서 "취직이 목표가 아니라 일단 면접이 목표예요"라는 구절을 여러 번 보았다. 양질의 일자리 자체가 적다 보니 그만큼 면접까지 올라가기가 쉽지 않은 것이다.

A는 그런 현실을 잘 알기에 경영자 마인드에 선배 마인드를 더해, 젊은 직원들에게 밥을 사주며 격려하고, 친구의 자녀가 방황하면 "이모가 밥이나 사줄게" 하며 부르는 것이다.

사람 사는 게 다 거기서 거기라고 하지만 사실은 다 다르다. 그러니 50대는 20대에게 '나는 너만 했을 때 취직하고 식구들 다 먹여 살렸어!'라는 비난의 눈빛을 보내서는 안 된다. 그때와 지금은 다르니까. 안정된 일자리를 찾아야지 왜 마음 끌리는 데를 보느냐고 다그쳐서도 안 된다. 우리가 살아온 세월이 정답일 수는 없으니까.

우리의 인생이 험난했던 것처럼, 그래서 우리의 지난 시절이 장한 것처럼, 치열한 경쟁 사회를 살아가는 청춘들에게 기특한 마음을 가지려 한다. 나도 A처럼 주변의 후배를, 친척 아이를, 친구네 아이들을 좀 더 가까이에서 눈 맞추고 응원할 길을 찾아봐야겠다.

　부끄럽다거나 '나이 많은 나를 싫어할 거야'라든가 '마음으로 응원하면 되겠지 뭐' 하는 생각은 내려놓고 주변을 둘러보리라.

우리가 살아온 세월이 정답일 수는 없으니까

30년 차 직장인,
그 이후의 삶

사회인이 되어 일한 지가 30년이 넘었다. 종신고용이 대부분
이던 시절에는 20~30년 근속을 하면 상패와 함께 금반지 같
은 선물을 주던 회사도 있었다.

그러나 나는 프리랜서라 그런 종류의 선물은 받은 적이 없다.
10년 차, 20년 차, 30년 차라고 포상 휴가를 가본 적도 없다.

그렇다고 개인적으로 휴가를 내 해외여행을 여유 있게 간
적도 없다. 담당하던 프로그램에서 해외 출장 방송을 하느라
미국 LA에 몇 번, 뉴욕과 캐나다 토론토에 한 번, 독일, 일본,
그리고 베트남에 두 번 가보았다. 횟수는 적지 않으나 여행이
라고 하기는 어렵다.

내가 여행으로 떠나본 것은 속이 터질 것 같아 충동적으로 파리와 런던에 2주간 머물렀던 일, 청소년문학상 부상으로 이탈리아 볼로냐와 로마에 1주일 동안 갔던 일 정도다.

그래서인지 후배들이 휴가를 내서 해외여행을 다니는 것을 보면 응원을 보내게 된다.

나는 닷새나 일주일에 걸친 템플스테이도 무척 가고 싶었다. 그러나 마음과 달리 1박 2일 템플스테이에도 가보지 못했다.

간혹 시간이 나도 아이가 둘이니 늘 같이 있어야 한다고 생각했고, 시어른이 가까이 계시니 옛날식 며느리인 나는 내 시간을 갖지 못했다.

그럼 대체 뭘 누리며 살았느냐고?

그러게 말이다. 그 면에서 나는 정말 할 말이 없다.

굳이 위로랍시고 수시로 내 자신에게 건네며 수첩 맨 앞 장에 써둔 변명은 이렇다.

"진정한 여행은 새로운 풍경을 보는 것이 아니라 새로운 눈을 가지는 데 있다."

《잃어버린 시간을 찾아서》라는 소설을 쓴 프랑스 작가 마르셀 프루스트가 한 말이라는데, 그런대로 위로가 되었다.

이렇게 여행도 제대로 하지 않고, 번듯한 집에 사는 것도 아니고, 그 긴 세월 일하면서 남은 게 무엇일까. 시어른 입원비와 봉양비 때문에 아직 빚도 많아서 통장도 내보일 게 없다.

수시로 영화를 보고 전시회에 쫓아다니고 책이라도 다양하게 읽으려고 노력했다는 것 정도가 내 직장 생활 30년의 결론이라고 할 수 있을까.

〈여성시대〉 프로그램으로 오는 편지를 보면, 사느라고 살았지만 남은 게 별로 없다는 나 같은 분들이 많다. 그러나 작은 것이라도 꾸준히 누리며 즐기는 사람도 그만큼 많아서 경의를 표하게 된다.

동네 뒷산을 한 계절 동안 꾸준히 오르다가, 사는 지역 근처 명산을 찾아 한나절씩 오르고, 다시 1박 2일에 걸쳐 갈 수 있는 산으로 폭을 넓히고, 더 멀리 2박 3일, 3박 4일 코스로 전진하는 분이 있다.

그림을 즐기는 선배님도 있다. 남편과 사이가 좋지 않아서 마음 달랠 길 없어 그림 공부를 시작했는데, 동네 문화센터에서 배운 것을 시작으로 이제는 지역 그림대회에도 작품을 낼 정도다. 1년에 두 번 작품을 응모하는 목표를 세우더니, 이제는 네 번 응모하는 것으로 목표를 수정하셨다. 팔이 아파서 침을 맞으러 다니면서도 꾸준히 그리는데, 그림 덕분에 마음이 너그러워지고 남편과 사이도 좋아졌다고 한다. 하나에 통하면 다른 것에도 통한다는 그런 이치일까.

옛 어르신들 말씀처럼 누구나 빈손으로 태어나 빈손으로 가게 된다. 다만 그 과정에서 수시로 무언가를 잡았다가 놓을 텐데, 한두 가지는 꾸준히 붙들고 그 안에서 성장하고 싶은 것이 내 소망이다.

나는 계속 글을 쓰고 그림을 그리고 싶다. 꾸준히 하면서 그 안에서 나를 다시 발견하고 싶다. 그것이 다른 분들을 보며 배운 교훈이다. 세상에는 훌륭한 사람이 많다지만 나는 자신이 좋아하는 일을 꾸준히 하면서 넓혀가는 그분들이야 말로 진정 훌륭한 분들이라 생각한다. 그리고 나도 그분들 뒤를 좇을 수 있으리라 믿어본다.

나만의 장비를
사는 날

내 주변에 보면 글을 쓰는 사람들은 펜이나 공책 같은 문구류
에 욕심이 많다. 꼭 마음에 드는 걸 갖고 싶어 하고, 이미 괜찮
은 것이 있어도 더 좋은 게 없나 찾아보는 일을 즐거워한다.

나 역시 만년필이나 공책 등을 구경하는 것을 좋아하고 사
기도 한다. 생필품처럼 다 떨어져서 사는 게 아니라 갖고 싶어
서 욕심을 냈다.

그러나 사는 형편도 팍팍했거니와 나의 분수를 잘 아는 편
이라 비싸고 좋은 것은 집어 들지 못했다.

컴퓨터로 글을 쓰는 시대가 되자 작가들은 노트북을 탐내기

시작했다. 그러나 나는 한참이 지나도 나만의 노트북이 제대로 없었다. 동생이나 남편이 쓰다가 넘겨준 것을 썼다. 어지간한 작업은 집에 있는 데스크탑을 이용하거나, 방송사 작가실에 있는 컴퓨터로 하니 꼭 노트북을 가지고 다니지 않아도 문제는 없었다.

그러다 50세가 되었을 때, 나도 나만의 노트북을 가지기로 했다. 그 나이까지 나만의 장비가 없다는 것이, 칼잡이라고 주장하면서 칼이 없는 듯 새삼 부끄러워진 탓이다.

컴퓨터 기기를 파는 곳에 가서 물건을 골랐다. 선택은 두 가지로 좁혀졌다. 하얀색으로 모양은 똑같고 능력이 다른 두 가지인데, 60만 원짜리와 40만 원짜리였다.

가게 주인은 영상을 많이 보거나 빠른 속도를 원하면 60만 원짜리를 사라고 했고, 글 정도 쓰는 작업이면 40만 원짜리를 고르란다. 그러나 자신에게 선택권을 준다면 판매자 입장을 떠나 60만 원 짜리를 고르겠단다. 40만 원짜리는 검색 속도가 느려서란다.

망설이다가 글을 많이 쓰겠다는 야심을 품고 40만 원 짜리를 샀다. 역시나 느렸고 자판의 느낌도 좋지 않았다. 무언가 검

다시 한 살을 더하니
이제는 나에게만 야박하게 구는 일을
멈추고 싶어진다

색하고 싶을 때도 무한한 인내를 가져야 해서 그 느림보 노트북은 가방에 들어가 있는 시간이 많아졌다.

사실 글 쓰는 일로 치자면 노트북의 성능은 큰 문제가 되지 않는다. 〈여성시대〉에 도착하는 편지들을 보면, 아무 종이에나 모나미 볼펜일 게 확실한 펜으로 꾹꾹 눌러쓴 작품도 '아니, 이분이 진짜 작가시네' 싶은 경우가 얼마나 많은지.

동네 도서관에서 잠시 웹툰을 배울 때, 나는 태블릿도 갖고 싶었다. 그러나 라디오 일과 살림만으로도 벅차 웹툰에 전력을 기울일 수 없기에, 막연히 '사고 싶다, 사고 싶다'고만 중얼거렸다.

다시 한 살을 더하니, 이제는 나에게만 야박하게 구는 일을 멈추고 싶어진다. 무언가를 새로 시작하고 싶어서 장비가 필요하다면, 아주 좋은 것은 아니라 해도 웬만한 것은 장만하고 싶다.

살아 보니, 미루다 보니, 나만의 물건을 장만하는 날은 오지 않는 경우가 많았다. 특히 아이가 있는 엄마라면 더더욱 그렇다.

식구들에게 필요한 다른 급한 일이 너무도 많아서, 길게 줄을 서 있는 그것들 앞에 나의 것을 새치기해서 넣을 수 없었던 나.

당신이 나와 같았다면, 자신만을 위한 무언가를 살 수 있는 날이 많지 않으므로, 무리해서라도 사자고 권하고 싶다.

단, 그것을 많이 사용하겠다는 굳센 의지를 견고하게 장착하고, 그러고 나서 사자!

자신만을 위한 무언가를 살 수 있는 날이 많지 않으므로
무리해서라도 사자고 권하고 싶다

우리 사랑은
유기농이었나 봐

사랑을 해도 은근하게 하는 사람이 있고, 남들이 다 놀랄 만큼
뜨겁게 하는 사람이 있다.

지인 중에 뜨겁게 사랑하는 걸로 유명한 커플이 있다. 사귀
던 시절, 귀가 시간이 엄격한 부모님 때문에 새벽 다섯시부터
남자가 여자의 집 앞에서 기다려 조찬을 겸한 조조 데이트를
했고, 일과를 마친 저녁에도 짧고도 애틋한 데이트를 거듭하
다 부모님의 반대를 극복하고 결혼했다.
　부부가 된 뒤에도 손을 잡고 다니는 정도가 아니라 젊은 연
인들처럼 서로의 허리에 팔을 두르고 다녔다.

모두가 그 부부의 백년해로를 의심치 않았는데 남자 쪽의 외도로 둘은 40대 중반에 헤어졌다. 나는 여자 쪽 지인이라 한쪽 이야기만 들은 게 다지만 놀라운 것은 소위 '얄짤없었다(머뭇거림이 없었다)'는 점이다.

아내가 남편에게 외도했느냐고 묻자 남자는 빼거나 거짓말하지 않고 바로 인정하더란다. 순순히 이야기를 하는데 외도한 지 3년이나 되었다고 했다. 여자는 기가 차 이혼하자고 했고, 남자는 기회를 달라고 했으나 여자는 고개를 저었다. 그러자 남자는 더는 사과하지 않았고 매달리지도 않더란다. 그 뜨겁던 사랑이 그렇게 순식간에 이혼이 되었다.

여자는 후일 선언하듯 말했다.

"우리 사랑은 유기농 재료로 만들어진 음식이었나 봐. 상하기 쉽고 변질되기 쉽고, 그래서 쓰레기통에 버리기도 쉬웠던 거야."

보존제를 넣지 않은 유기농 가공식품은 자연의 섭리대로 상하기 쉽다는 뜻이겠지만, 너무 쿨하게 말해서 어쩐지 당황스러웠다(관련 종사자 분들은 오해 없으시길).

주변의 이혼 소식을 접할 때나 관련되는 편지 사연을 대할 때면, 나의 결혼 생활과 부부 사이를 꺼내 들여다보게 된다.

부부 사랑은 빵 같아서
매일 새로 구워야 한다는 서양 속담을 들었다

우리 사이가 너무 딱딱하고 질겨진 것은 아닌지, 이미 상한 건 아닌지, 다시 찌면 말랑말랑해지기는 할지, 이미 먹을 수도 없게 된 플라스틱이 된 건 아닌지….

뜨겁게 시작한 사랑은 식기도 쉬운 걸까, 뜨겁지 않은 사랑은 사랑이 아닌 걸까. 유기농인 사랑은 상하기도 쉬운 걸까, 유기농 사랑이 상하기 쉽다면 농약을 잔뜩 친 사랑은 오래도록 괜찮단 말인가.

부부 사랑은 빵 같아서 매일 새로 구워야 한다는 서양 속담을 들었다. 그 속담을 본받아 나의 사랑법을 밥 짓듯이 자꾸 새로 짓는 쪽으로 정리해본다. 전기보온밥솥에 너무 오래 보관해서 구수한 내음이 사라지기 전에, 사랑을 자꾸자꾸 새로 짓는 쪽으로.

나와
딸의 잠옷

옷에 대한 상식 중에 TPO라는 것이 있다. T는 시간time, P는 장소place, O는 상황occasion.

때와 장소와 상황을 가려 옷을 입으라는 이야기다.

그래서인지 사람들은 결혼식이나 장례식에 갈 때는 단정하게 정장 같은 옷을 입고, 놀러갈 때는 편안한 차림을 한다. 집에서는 실내에서 지내기에 어울리는 옷을 입고, 잠잘 때는 잠옷을 입는다.

요즘은 실내복과 잠옷을 굳이 구분하지 않는 사람이 많지만 나는 잠옷을 열심히 입는 편이었다.

어려서 엄마가 사준 잠옷은 겨울에는 분홍색, 여름에는 옥색이 대부분이었는데, 겨울 잠옷은 대체로 분홍색 자잘한 꽃무늬가 든 융으로 지은 것이었다. 소매와 목둘레선, 바짓단이 나풀나풀 꽃잎처럼 마감된 옷이었는데, 그때는 그런 디자인이 흔했다.

딸이 어릴 때, 나는 내가 어릴 때 입던 잠옷과 비슷한 디자인을 골라주곤 했다. 어려서는 잠옷을 잘도 입던 아이가 스무살이 넘자 입지 않았다. 실내복 그대로 입고 자는 것이다. 나도 아이들을 키우면서부터는 잠옷을 따로 입지 못했는데, 마음 한쪽에서는 내 아이라도 잠옷을 챙겨 입기를 바랐다.

얼마 전 아이의 생일에 나는 잠옷 선물을 준비하기로 했다. 그렇게 하면 억지로라도 입을 테니까.

가게에 갔더니 어려서 내가 입던 잠옷과 비슷한 모양이 있었다. 당장 그 옷을 집어 들었는데, 친절한 점원이 잠옷 입을 사람이 누구냐고 묻더니 체크무늬의 가운 비슷한 보이시한 옷을 추천했다. 요새는 그런 것이 유행이란다. 딸과 나 사이에 얼마나 넓은 세대 차이의 강이 흐르는지를 수시로 느끼는 나였으므로, 길게 망설이다가 결국 점원이 추천한 것을 샀다.

잠옷을 받은 딸은 그 선물이 마음에 들지도 않고, 실내복 상태로 자면 된다며 환불하라고 했다.

　나라면 엄마가 사준 잠옷이 싫어도 한동안은 예의로라도 입을 텐데, 딸은 내가 아니었다. 매사 의사가 분명한 아이였으므로 잠옷을 들고 가서 점원의 눈치를 봐가며, 딸이 입어줄 것이 분명한 레깅스로 바꿔 와야 했다.

　매번 아차 하면서도 아들딸이 별로 반기지 않는 그런 종류의 일을 벌이게 된다.

　오늘도 중얼거린다.

　"딸은 내가 아니다. 아들은 내가 아니다. 딸이 좋아하는 것과 내가 좋아하는 것은 다르다. 아들이 좋아하는 것과 내가 좋아하는 것은 다르다."

딸이 좋아하는 것과
내가 좋아하는 것은 다르다
아들이 좋아하는 것과
내가 좋아하는 것은 다르다

인생의 겨울을
잘 넘긴 사람은

지난겨울은 정말 추웠다. 오들오들 떨다 보면 인생에도 추운 겨울이 있었지, 생각하게 된다.

인생의 겨울을 잘 넘긴 사람은 황제펭귄 같다.

펭귄도 원래는 바닷가에 사는 큰 새였다고 한다. 그러다 환경에 적응해서 살아남기 위해 훨훨 나는 것을 포기하고 대신 바다 속에서 헤엄칠 수 있게, 변화와 적응을 실천했다.

그리고 사는 곳이 남극인 만큼 추위에도 적응하기 시작했다. 무리를 지어서 찬바람을 막고 두 달씩 굶어가면서 알을 품는 펭귄. 그들이 몸을 붙여 체온을 유지하는 것을 허들링huddling이라고 하는데, 허들링은 매우 수학적인 움직임이라고 한다. 찬바람을 막는 순서를 정해 자리를 바꾸면서 공평하고 효율적으로 움직인단다.

알도 한두 개만 낳아 잘 기르는 전략을 택했다니, 그들에게 감탄하게 된다.

추위는 명품을 만들어내기도 한다.

좋은 소리를 내기로 유명한 바이올린인 스트라디바리우스와 과르네리는, 수백 년 전에 만들어진 악기이면서도 현대 바이올린보다 더 아름다운 소리를 내는데, 과학자들이 조사해보니 높고 추운 산에서 자란 나무로 만들었다는 공통점이 있더란다. 1년 내내 춥고 눈이 많이 내리고 강풍이 부는 지역에서, 나무가 스스로 조직을 단단하게 만들어 추위를 이겨냈을 때 비로소 명품 바이올린의 재료가 된 것이다.

인생의 추위를 성장의 바탕으로 삼은 사람은 누가 뭐래도 강하고 아름답다. 믿어도 좋다. 이는 추운 지역에 사는 지구촌의 동물과 식물이 보증하는 사실이니까.

행복하고 싶다면
질문하세요

새해를 참 많이도 맞았다. 반백이 넘다니.

새해가 되면 〈여성시대〉로 한 해 결심을 담은 편지가 많이 도착하는데, 사연이야 각양각색이지만 결론을 요약하자면 이렇다.

"몸과 마음 모두 건강하게 지내자. 그리고 성실하게 착하게 열심히 행복하게 살자."

'건강하게 성실하게 행복하게' 이 세 가지를 이루는 방법에 공통점이 있다고 생각한다. 바로 '습관'이다.

의사들은 건강하게 살기 위해서는 건강한 습관을 가져야 한다고 강조한다. 세상에는 좋은 약이나 치료가 많지만 가장 근본적인 처방은 바로 건강해지는 습관이라는 것이다.

얼마 전 보도를 보니 서울대병원 윤영호 교수도 220명의 암환자를 지켜보면서 "병을 극복한 사람들을 보니 습관이 가장 중요했다"고 했다. 여기서 습관이란 '규칙적인 운동, 균형 잡힌 식사, 긍정적인 생각, 정기적인 건강검진'이다.

어떤 목표를 성취하는 비결로도 습관이 꼽힌다.

하루를 일찍 시작하고 싶으면 아침 일찍 눈 뜨는 습관을 들이고, 운동을 하겠다고 목표를 세웠다면 꾸준히 몸을 움직이는 습관을 들이고, 공부를 하겠다는 계획을 세웠다면 책상 앞에 앉아 있는 습관을 들이란다.

전문가에 따라 제시하는 기간이 다르긴 하지만 2주에서 한 달 정도면 습관에 가까이 갈 수 있고, 두 달을 지속하면 그 일을 거를 때 찌뿌둥한 상태가 된단다. 즉, 습관이 몸에 배는 것이다.

더 나아가서는 행복도 습관이라고 한다.

소소한 재미에 잘 웃고 즐거워하며, 신기하거나 아름다운 것에 잘 감탄하고, 조금 고마워도 많이 고맙게 받아들이고, 시

련은 남들도 다 겪는 거라고 좀 가볍게 받아들이는, 그런 습관
이 행복을 자주 느끼게 하고 세상을 긍정적으로 살게 한다는
것이다.

좋은 습관을 만들기 위해 알게 된 방법이 있다.

듀크 대학의 피츠시몬스 교수가 제시한 '질문 행동 효과'라
는 것인데, 그는 실험에서 대학생들에게 이런 질문을 던졌다.

"앞으로 두 달 동안 몇 번이나 운동을 할 예정이죠?"

질문을 받은 학생들은 평균 20.4회 운동을 했고, 질문을 받
지 못한 이들은 13.9회 운동하는 데 그쳤다고 한다. 즉, 상대
에게 앞으로 어떻게 할 것인지에 대한 질문을 던지는 것만으로
도 행동이 달라진 것이다.

이 질문 행동 효과를 응용해서 자기 자신에게 자꾸 질문을
하면 어떨까.

"오늘부터 운동할 거지?" "오늘부터 영어 공부할 거지?"
"오늘부터 매일 청소할 거지?"

이렇게 말이다.

올해는 스스로에게 수시로 이렇게 물어볼까 한다
"오늘도 건강하게 성실하게 행복하게 지낼 거지?"

훗날 자녀가 결혼을
하게 된다면

'남불내로'라는 말을 들었을 때, 처음에는 무슨 뜻인가 했다. 같은 사안을 놓고도 '남'이 하면 '불'륜이고 '내'가 하면 '로'맨스라는 뜻이란다.

이처럼 처한 입장에 따라 같은 모습을 놓고도 다르게 받아들이는 경우는 많다.

아들과 사위, 딸과 며느리 입장을 놓고도 그러는 때가 자주 생긴다.

선배님 한 분은 남매를 다 출가시켰는데 아들네가 집에 올 때마다 속상해한다.

한밤중에 아기가 울어도 아들이 벌떡 일어나 달래고, 밥 때가 되어도 아들이 부엌을 드나들며 분유를 데우고 이유식을 챙겨 먹이더라는 것이다. 목욕도 물론 아들 몫이고, 놀아주는 것도 아들이 더 많이 하더란다.

돌이켜 생각해보니 며느리가 임신했을 때도 아들이 머슴 노릇은 다 하는 것 같았고, 임신했다고 축하 여행, 배가 더 불러지면 나들이를 못한다며 중간 임신 여행, 출산하고 나서도 지극정성으로 아내를 돌보는 것을 보았단다.

"그렇게 아기를 챙기니 밤에 잠인들 깊이 자겠어? 직장에 가서는 또 얼마나 힘들겠어? 안팎으로 할 일이 보통 많아야지. 귀한 내 아들이 그렇게 종종 걸음을 치니 속상해."

선배는 한숨까지 섞어 아들의 고단함을 안쓰러워하는데, 딸과 사위 이야기를 할 때는 전혀 다른 얼굴이 된다.

사위가 부엌일도 잘하고 아기도 잘 보고 직장에서도 인정받는다며 보기만 해도 흐뭇하단다. 그 사위를 낳은 안사돈은 "에그, 우리 아들 고단해서 어쩌나" 하실 게 분명한데도 말이다.

반찬을 해준다거나 손주를 위해 시간을 내줄 때도 어머니들은 다른 입장을 보인다.

"며느리는 시어머니가 지나치게 챙기는 거 싫어하잖아. 그러니까 해주고 싶은 게 있어도 너무 드러나게 하면 안 돼" 하면서 김치를 담그더라도 경비실에 맡기고, 웬만한 물건은 직접 갖다주는 게 아니라 택배로 부친단다.

그런데 딸네 집은 다르다. 아예 열쇠를 복사해서 가지고 있거나 현관문 비밀번호까지 알고 있어서 반찬도 수시로 챙겨다 냉장고에 넣어두고, 집 청소도 살짝 해놓고, 외손주 유치원이며 학원도 아이 엄마인 딸 못지않게 꼼꼼하게 챙긴다. 그러다 보니 결혼하고 나서도 엄마 슬하에서 벗어나지 못하는 딸이 적지 않다.

그러나 매사를 돌봐준다 해도 감사하다는 소리를 듣는 날이 있고, '엄마는 엄마 마음대로만 한다'는 투정을 듣기도 한다.

자녀를 결혼시키고 나서는 한 걸음이 아니라 열 걸음쯤 물러나는 게 어떨까.

우리가 그랬듯이, 우리의 자녀도 경험을 통해 배울 자격이 있고, 그렇게 해야만 진짜 살아가는 법을 배울 수 있지 않을까.

그런 의미에서 '딸을 며느리처럼, 아들을 사위처럼'을 구호로 외치도록 하자.

딸에게 해주고 싶은 것이 있어도, 며느리 심사를 거스를까 조심하듯이 내 의욕보다 못 미치게 해주는 것이다. 말로도

자녀를 결혼시키고 나서는
한 걸음이 아니라 열 걸음쯤 물러나는 게 어떨까

우리는 익히 알고 있다
온실에서 자란 화초보다
들판에서 자란 화초가 더 굳건하다는 것을
겨울을 맨몸으로 이겨내는 야생화가 더 튼튼하다는 것을

"이제 네 살림은 네가 해라. 그렇게 해야 하는 거야" 하고 일러주자.

아들이 하는 일을 놓고는 사위를 기준으로 평가하기로 하자. 사위가 집안일을 많이 하면 칭찬하듯이, 아들이 집안일을 많이 하고 아기를 잘 돌보거든 흡족해하면서 칭찬해주기로 하자.

사위의 일이 잘 안 풀려 딸이 고생하는 게 안쓰럽더라도, 사위를 아들이라고 생각하면 '일이 안 풀리는 저는 얼마나 속이 답답할까' 하고 헤아려주면서 사위를 격려하게 되지 않을까?

지금의 50대는 자녀 수가 적고 온 정성을 다해 이들을 키우고 교육시켰다. 진 땅은 밟지 못하게 미리 앞을 지키고 있다가 "거기는 디디면 안 돼, 더 옆으로!" 하고 앞장서서 인도해왔다.

그러나 우리는 익히 알고 있다. 온실에서 자란 화초보다 들판에서 자란 화초가 더 굳건하다는 것을. 겨울을 맨몸으로 이겨내는 야생화가 더 튼튼하다는 것을.

훗날 내 아들이 결혼하게 되면 결혼 준비를 해주기 전에 '우리 이제 서로에게서 독립하자'라는 선언부터 해야겠다.

엄마의
오래된 구슬백

우리 형제는 삼 남매인데 내 밑으로 남동생이 둘이다. 첫째 동생은 깔끔한 샌님 같은 아이인데 엄마는 돌아가시면서 이렇게 말씀하셨다.

"꼭 첫째를 장가 보내고 나서 막내를 보내야 한다."

그러나 세상일이 어찌 그리되던가. 더구나 남녀상열지사가.

막내는 여자친구를 사귀더니 이내 결혼을 하게 되었다. 첫째는 여자친구가 없었다.

상견례를 치르고 결혼식을 준비하는데 요즘 사람들답게 막내 부부는 알아서 식장을 예약하고 살림을 준비하고 청첩장을 돌렸다.

나는 식장의 혼주 자리가 걱정이었다. 엄마는 돌아가셨고 아버지만 계신데 비어 있을 엄마 자리가 마음 아팠다.

그러다 엄마의 소지품 중에 구슬백이 생각났다. 황금빛 구슬이 촘촘히 꽃 모양을 이루며 박힌 백은 엄마가 돌아가신 후에 짐을 정리하다가 내가 가져온 것이다. 엄마가 아끼던 물건이고 고풍스러워서 간직하고 싶었다.

동생의 결혼식 날, 나는 엄마가 앉아야 하는 자리에 구슬백을 올려놓았다. '엄마, 보이세요? 막내가 결혼을 해요.'

나는 천장의 샹들리에를 한 번 구슬백을 한 번 쳐다보았다. 가족사진을 찍을 때는 내가 구슬백을 들었다.

몇 년 후 막내가 아들을 낳았다. 나는 조카를 위해 구슬백 일화를 그림책으로 만들어주었다. 그렇게라도 엄마의 존재를 모두가 기억했으면 했다.

외삼촌의 결혼식

•그림 1•화장대와 청첩장
화장대에는 재미있고 신기한 물건이 많이 있어요.

이건 청첩장! 외삼촌이 곧 결혼하거든요.

• 그림 2 • 립스틱과 매니큐어를 바르고 장난치는 아이
송이는 립스틱을 발랐어요. 입술이 커진 것 같아요.
빨간 매니큐어를 바르고
손가락을 후후 불었어요.

• 그림 3 • 화장대 옆의 보물 상자
"엄마, 이 상자는 뭐예요?"
"보물 상자야. 외할머니가 쓰던 물건이 들었단다.
반지, 구슬백, 바늘꽂이, 일기장…."

• 그림 4 • 보물 상자에서 반지를 꺼낸다
"외할머니 반지, 내가 껴볼래요!"
반지가 데굴데굴 구르더니
장롱 밑으로 쏙 들어가고 말았어요.

• 그림 5 • 긴 자를 장롱 밑에 넣어 물건을 찾는다
장롱 밑으로 긴 자를 넣어 이쪽으로 휘익!
잃어버린 종이배가 나왔어요.

엄마가 아끼던 물건이고
고풍스러워서 간직하고 싶었다

저쪽으로 휘익!

숨어 있던 머리 묶는 방울도 나왔어요.

다시 한 번 휘익!

• 그림 6 • 반지를 찾았다

"휴우, 드디어 찾았다!"

• 그림 7 • 방에 신문지 깔고 엄마 구두 신고 구슬백을 든 아이

"엄마 놀이 하고 싶어요.

구슬백, 뾰족구두, 반지, 모두 모두 주세요."

걸음은 비틀비틀

반지는 헐렁헐렁

구슬백은 흔들흔들.

• 그림 8 • 외할머니가 송이를 키우는 여러 가지 모습

외할머니는 송이를 씻겨주고

우유도 먹여주고, 유모차도 태워주었어요.

생각나지는 않지만

사진을 봐서 송이도 다 알아요.

•그림 9• 결혼식 날 구슬백을 들고 가는 엄마
외삼촌이 결혼하는 날
엄마는 보물 상자에서 구슬백을 꺼냈어요.

•그림 10• 자동차 타고 가는 그림
예식장으로 출발!

•그림 11• 예식장 풍경, 혼주석에 놓인 구슬백
엄마는 외할아버지 옆자리에 구슬백을 놓았어요.
송이는 궁금해졌어요.
'외할머니도 하늘나라에서 보고 계실까?'

•그림 12• 신랑과 신부 앞에서 화동이 된 송이
신랑 신부가 행진할 때 송이가 꽃을 뿌렸어요.
꽃잎이 나풀나풀 날았어요.

•그림 13• 샹들리에를 보며 외할머니를 생각하는 송이
송이는 다시 궁금해졌어요.
'외할머니도 하늘나라에서 보고 계실까?'

• 그림 14 • 혼주석에 꽃을 뿌리는 송이

구슬백이 놓인 의자로 달려가 송이가 꽃을 뿌렸어요.

꽃잎이 나풀나풀 날았어요.

• 그림 15 • 예식장에서 가족사진을 찍는다

이제 가족사진을 찍을 차례에요.

"준비되셨죠? 찍습니다."

그때 송이가 큰 소리로 외쳤어요.

"잠깐! 기다려주세요!"

• 그림 16 • 구슬백을 가져와 송이가 들고 사진을 찍는다

"자, 다시 찍습니다. 웃으세요, 김치!"

찰칵!

조카를 안을 때마다 나는 중얼거린다.

"엄마, 보고 계시죠? 엄마, 오늘도 나는 엄마가 보고 싶어요."

그렇게라도 엄마의 존재를
모두가 기억했으면 했다

지금이
남았잖아

무언가를 하다 말고 가끔씩 허해지곤 한다.

'이렇게 오래 일했는데 남은 게 없네….'

보람이 남았을까? 분명 그런 순간도 있었겠지만, 보람은 동전이나 구슬처럼 손 안에 계속 쥐고 있을 수 있는 것이 아니다.

그렇다고 저금이 남은 것도 명예가 남은 것도 아니다.

그렇다면 반대로 미련이 남았을까.

큰 미련이 남은 것 같지도 않다.

아쉬움이야 있지만 그렇다고 아쉬움을 연료로 내가 무얼 크게 바꿀 수 있단 말인가.

허해지고 허해지다가 다시 스스로에게 질문을 던져보았다.
"너, 이만큼 오래 살았는데 남은 게 없어서 허전한 거니?"
내가 대답했다.
"엉!"
"그럼, 만약 네 앞으로 집 한 채가 남았으면 허전하지 않을 것 같니?"
꼭 그럴 것 같지는 않다. 일한 대가를 모아 집 한 채가 떨어졌다 한들, 그 집으로 내가 오래오래 배부를 것 같지는 않다.

"그럼 네 앞으로 저금이 몇 천 만원 있으면 남는 장사를 한 것 같을까?"
역시 꼭 그럴 것 같지는 않다. 돈이 좀 더 있다고 마음까지 오래도록 뜨듯할까. 그건 아니지. 아니고말고.

"그렇다면 너는 무엇이 남기를 바라서, 그렇게 '남은 게 없네'를 자꾸 중얼거리는 거니?"
그 질문에는 답할 말이 없어졌다. 나는 무언가가 나에게 남아 있기를 간절히 바라는데, 그게 무엇인지는 명확하게 답할 수 없었다.

다시 물어본다.

답할 수 없다는 것은, 그것의 정체가 없다는 뜻은 아닐까?

그저 허전해서, 세월의 덧없음으로 인해 생겨난 인류의 오래된 질문에 너무 오래 매달려 있었던 것은 아닐까. 그래서 성경이나 수많은 유명인들도 인생이 헛되고 헛되다고 한 것이 아니었을까? 세상에 뭔가를 많이 남긴 것 같아 보이는 이들도 허하다고 하니 말이다.

이번에는 방향을 틀어 생각해본다.

"왜 남은 것이 없니? 네가 이만큼 살아왔잖아. 지금의 네가 남은 거야.

중간에 쓰러질 수도 있었고 사라질 수도 있었는데, 어쨌든 네 몸과 마음이, 네 가족과 친구가 옆에 남아 있잖니. 그게 남은 거야."

그러나 그 답에도 나는 고개를 기꺼이 끄덕일 수 없었다.

앞으로 죽는 날까지 나는 숱하게 물을 것이다.

너 이만큼 살면서 무엇이 남았느냐고ㅡ

아쉬운 대로 그때마다 대답해주리라.

"지금이 남았잖아. 너의 주름과 흐려진 눈과 탁해진 총기가 남았잖아. 많이 쓰고도 이만큼은 남았잖아."

그렇게 답해주다 보면 질문을 드문드문 하는 날이 오고, 언젠가는 질문 자체를 멈추는 날이 오겠지. 그때가 되면 남은 게 없다고 중얼거리던 나조차 남지 않을 것이다.

"대체 남은 게 뭐니? 이만큼 살고 이만큼 일하고 지금껏 남은 게 뭐니?"

또 질문이 비어져 나온다.

내가 나에게 소리쳤다.

"그만 물어. 답도 없는 걸 왜 자꾸 물어!"

50세 성적표가
마음에 들지 않는다면

그런 여성들이 있다. 일에도 열심이고, 육아와 부모 봉양에도 열심이고, 부부 관계를 만들어가는 데도 성의를 다하는…. 그렇게 매사 열정을 발휘하다가 중간에 몹시 좌절하는 경우도 있는데, 아이의 진학이나 취업, 결혼, 남편의 승진, 부모님과의 문제에서 자신이 노력한 만큼 눈에 보이는 결과가 나오지 않으면 허탈해지는 것이다.

그런 허무감을 나누는 자리에서, 한 선배님이 지적해주었다.

우리에게는 이미 좋은 자녀, 좋은 남편, 좋은 부모에 대한 상이 만들어져 있는 것 같다고. 열심히 이끌어서 그 상에 맞춰 살아가는데, 상대가 따라오지 못하면(따라오지 못하는 경우가 대부분이지 않겠는가?) '대체 나는 무엇을 바라고 살았던가… 내가 저를 어떻게 키웠는데… 내가 어떻게 했는데…' 하는 억울함과 하소연이 나올 수밖에 없다는 것이다.

사실 이런 억울함이나 허전함에서 자유로운 사람은 별로 없다. 사랑한다는 것 자체가, 어느 만큼은 방향성을 내다보는 일이니까.

50대 여성들은 아이의 성적표, 남편의 성적표, 아끼는 주변인의 성적표까지 내 성적표라고 받아들이기 쉽다. 희생하고 수고했으니 당연한 줄 긋기다. 그래서 진학과 취업에 성공한 자녀를 둔 친구를 보면 '나도 저 친구만큼 뒷바라지했는데 왜 우리 아이는?' 하는 아픔을 느낄 수 있다.

그런 아픔을 느낀 적이 있는 우리를 위해, 선배님은 게슈탈트 상담 기법의 창시자인 프리츠 펄스가 쓴 〈게슈탈트 기도문〉을 들려주었다.

게슈탈트 기도문

나는 내 일을 하고
당신은 당신의 일을 합니다

나는
적극적으로
손을 내밀어
당신을
만난 것입니다

나는 당신의 기대에 맞춰 살기 위해

이 세상에 태어나지 않았습니다

당신도 나의 기대에 맞춰 살기 위해

이 세상에 태어나지 않았습니다

당신과 내가 우연히 뜻이 일치한다면

참 좋은 일입니다

하지만 서로 맞지 않는다면 할 수 없는 일입니다

이렇게 쿨하게 서로의 독자적인 영역을 인정하자던 펄은, 관계를 좋게 만들기 위한 노력이 필요하다고 생각해서, 다른 기도문도 만들었단다.

만일 내가 내 일만 하고

당신은 당신 일만 한다면

우리는 서로를 그리고 우리 자신을

잃게 될 위험에 놓이게 됩니다

나는 당신의 기대에 맞춰 살기 위해

이 세상에 태어난 것은 아닙니다

하지만 나는 당신을 독특한 존재로 확인시켜주기 위해

그리고 나도 당신으로부터 그런 존재로 확인받기 위해

이 세상에 살고 있습니다

우리는 오직 우리의 관계 속에서만

서로 온전히 우리 자신이 될 수 있습니다

당신으로부터 분리된 나는 통합성을 잃고 맙니다.

나는 당신을 우연히 만나는 것이 아닙니다

나는 적극적으로 손을 내밀어 당신을 만난 것입니다

나는 소극적으로 가만히 앉아

어떤 일이 내게 일어나기를 기다리기보다는

적극적으로 행동함으로써 일이 일어나게 만들 수 있습니다

물론 나는 나 자신으로부터 시작해야 합니다

하지만 나 자신에서 끝나서는 안 됩니다

우리가 만날 때부터 무언가 진정한 것이 시작됩니다

기대를 내려놓아야 하기에, 가까운 이들과의 관계는 쉽지
않다. 기대를 높이 잡은 것이 잘못일까? 아니다. 기대라는 것
자체가 한자로는 '희망을 가지고 기다린다'는 뜻이니, 꼭 우리
잘못도 아니다. 다만 그런 일로 힘든 순간이 오면, 다른 여인
들도 같은 이유로 힘들었음을 기억하며 성우라도 된 듯 천천히
천천히 이 기도문을 읽자.

나는 지금 인생의 아주 작은
조각만큼 힘들 뿐이다

가끔 생각하게 된다.

'아니, 세월이 왜 이렇게 빠른 거야?'

결혼한 지 얼마 되지 않은 것 같은데 벌써 25주년이 넘었다
니. 아래로 처지는 배를 끌어안고 분만실에 들어가며 부들부
들 떨었던 때가 엊그제 같은데….

옛 여인들은 아이를 낳으러 갈 때 벗어놓은 신발을 한 번 보
고 들어갔다고 한다. 다시는 저 신발을 못 신어볼 수도 있다는
두려움 때문이었다는데, 옛 여인들의 마음을 헤아려보던 때가
그리 오래되지 않았는데, 그때 낳은 아이가 어느 새 성년이라
니 기가 막힐 노릇이다.

누군가 20대는 시속 20마일로 달리고, 30대는 시속 30마일로 달리고, 40대는 시속 40마일로 달린다고 표현했지만, 가속도가 붙는 기기가 사람에게 달린 것도 아닌데, 왜 이리 시간은 빨리 지나는 것일까.

그리고 세월이 빠르다는 이야기는 중년 이상인 사람들 입에서만 절절하게 나오는 걸 보면, 세월의 가속도는 청춘에게는 그 세계를 보여주지 않는 게 분명하다.

그렇다면 시간의 가속도는 원래 나이가 어느 정도 들어야 느낄 수 있는 것인가?

이런 비유가 있다.

50년을 산 사람에게 1년은 자신이 살아온 세월이라는 둥그런 케이크 50조각 중에 한 조각이란다. 50조각 중의 하나니 작은 덩어리에 불과하다. 50분의 1 밖에 안 되는 적은 시간이다.

그렇게 따지면 한 해를 힘들게 보냈다 해도 '조금' 힘들었던 것이니 위로가 되고, 유난히 좋은 일이 많은 한 해였다고 해도 그 역시 '작은' 기쁨이니 교만해지지 않을 수 있겠다.

자녀의 각종 시험이나 취직 문제, 가족의 승진, 빚과 대출,

건강 등 온갖 고비가 우리 앞에 여전히 놓여 있지만, 시간은 다시 흐를 것이고, 지금의 고통과 긴장이 전부는 아니라는 것을 우리는 안다.

그러니 차분해지자.

우리는 지금
인생의 아주 작은 조각만큼 힘들 뿐이니까.

시간은 다시 흐를 것이고,
지금의 고통과 긴장이 전부는 아니라는 것을
우리는 안다

우리는
꿈 많은 소녀라서

우리는 꿈 많은 소녀라서

갖고 싶은 것도 하고 싶은 것도 많았지

갖고 싶다고 해서 다 가질 수는 없고

하고 싶다고 해서 다 할 수도 없다는 것을

깨쳐온 세월,

그 세월이 우리의 나이가 되었네

사는 일은 동전의 양면 같아서

좋은 일 같아 뵈는 일이

꼭 좋은 일만은 아니고

기운 빠지는 일이
꼭 좌절할 일만은 아니라는 것도 알게 되었지
새옹지마 이야기 속 노인처럼
우리도 지혜로워진 거야

이제 우리 안에는 어떤 소녀가 살고 있을까
갖고 싶은 것과 하고 싶은 것이
그때와 달라졌지만
여전히 소녀의 눈은 빛나고 마음은 설렌다

선하고 좋은 것들을 골라서 섭취해야지
우리는 계속 성장해야 하니까
우리 안의 소녀를 계속해서 잘 길러야 하니까

내가 일하고 있는 라디오 프로그램 〈여성시대〉의 표어는 '삶의 무게 앞에 당당한 사람들'이다.

독수리 타법으로 이 말을 급하게 타이핑하다 보면 '삶의 무게'는 '사람의 무게'가 되어 쳐지곤 한다.

문장을 다시 고치면서 생각한다.

'그래. 삶의 무게는 결국 사람의 무게가 맞네….'

그걸 잊을까 봐 손가락이 의도적인 실수를 해서 나를 일깨우는 것은 아닐지.

'사람의 무게를 중히 여길 것.'

그렇게만 하면 삶은 저절로 잘 살아진다고 실수가 일러준다.

조금 뒤처지는 것도 살아 보니 괜찮았다. 세상에 잘나고 성실한 사람이 얼마나 많은지 알게 된다. 세상은 넓고 나는 조그맣다는 것을 수시로 확인하니, '세상 학교'에 다니며 배움을 갈망하는 영원한 학생으로 살 수 있다. 그리고 뒤처지는 부분이 많지만, 뒤처지지 않는 부분도 있다고 애써 자신을 끌어 올리는 시간도 만들게 되니, 그 또한 소득이다.

해는 돌고 돌아서 이쪽으로 그림자가 생겼다가, 정수리에 해가 놓이면 그림자가 전혀 없는 듯하다가, 다시 반대쪽에 그림자를 만든다. 그러니 한곳에 머무는 것만 같다고 해도 걱정할 필요는 없다. 세상이 돌고 해가 도니까 그들이 전해주는 가르침에 귀를 기울이면 된다.

기대한다.

오늘은 또 무엇을 배우게 될까.

오늘은 또 무엇을 간직하게 될까.

사진 윤다혜(다다)
그림 그리는 것을 좋아하고 사진 찍는 것을 즐거워합니다.
제주도에서 고양이 '이소'와 함께 살고 있습니다.
인스타그램 @d.a.d.a_

인생, 어떻게든 됩니다
© 박금선, 2018

초판 1쇄 인쇄일   2018년 4월 30일
초판 1쇄 발행일   2018년 5월 10일

지은이   박금선
펴낸이   정은영
기획편집   고은주
마케팅   이경훈 한승훈 윤혜은 황은진
제작   이재욱 박규태

펴낸곳   꼼지락
출판등록   2001년 11월 28일 제2001-000259호
주소   04047 서울시 마포구 양화로6길 49
전화   편집부 (02)324-2347, 경영지원부 (02)325-6047
팩스   편집부 (02)324-2348, 경영지원부 (02)2648-1311
이메일   spacenote@jamobook.com

ISBN 978-89-544-3872-8 (03810)

잘못된 책은 교환해드립니다.
저자와의 협의하에 인지는 붙이지 않습니다.

꼼지락은 "마음을 움직이는(感) 즐거운(樂) 지식을 담는(知)"
㈜자음과모음의 실용에세이 브랜드입니다.

이 도서의 국립중앙도서관 출판시도서목록(CIP)은 서지정보유통지원시스템 홈페이지
(http://seoji.nl.go.kr)와 국가자료공동목록시스템(http://www.nl.go.kr/kolisnet)에서
이용하실 수 있습니다.(CIP제어번호: CIP2018012404)